Channel A 系列 02

蝴蝶过期居留

张小娴 经典作品

全新修订本

湖南文艺出版社
HUNAN LITERATURE AND ART PUBLISHING HOUSE

博集天卷
CS-BOOKY

自　序

在重重叠叠的时光里

我们一直以为，时间是自有永有的。我们在时间的长河里经历生老病死，岁月荣枯。然而，有科学家说，时间其实是弯弯曲曲的。

因为弯曲，所以会有许多时空交叠。

这部小说里的人物都在某个时空交接，或擦肩而过，或相遇相爱，或是离别之后被思念折磨。我们所谓的过去与现在，也许是虚无的。

那么，所谓永远，不过是人类主观的愿望，而不是一个客观的实体。

永远，到底有多远？

我们追求永远的爱，却不知道什么是永远，那是多么地可笑！

我们老是觉得思念的时光是漫长的，而回忆都是美好的。假使时间弯曲，也就无所谓"逝者如斯"了。

我们渴望跟自己所爱的人有一个美好的将来。然而，在重重叠叠的光阴里，并没有所谓"将来"。

英国物理学家巴布雅在他的近作《时间的终结》一书里说，时间不过是一种人为的测量方式，并非真实存在。日出月落，季节迁移，人的衰老，是物质生长的必然过程，时间和空间一样，只是见证这一切。

巴布雅认为，天下万物，包括宇宙和人类，也无所谓过去与将来，只有现在。每一个"现在"都包含了从前与将来。

流逝的光阴，不过是人类的幻觉。

现在就是永远，这是科学家说的。

在相爱之前，也许我们曾经相遇。相聚的每一刻，就是将来。纵使有一天，我们分开了，天涯各处，我们仍然是在一起的。

这样相信的话，是不是比较幸福？

在流淌的岁月里，我们从未分开，而是重叠又重叠。唯一的真实，是肉体会败亡。时光可以轮回，人却不能。相爱的时候，就要珍惜每一个现在。你是不会重来的，我也无可能复活。

张小娴

二〇〇一年一月十九日

蝴 蝶 过 期 居 留

目录 CONTENTS

Channel A

第 一 章

暗恋是一种自虐。

半夜里，范玫因被楼上的琴声吵醒了。今天晚上，她喝光了十三瓶在便利店里买的婴儿香槟才终于能够睡着；现在，她真想把楼上那个女人干掉。

楼上住着一个二十来岁的女人。范玫因曾经在电梯里碰见过这个蓄着一头长发的女人，当时，她怀里抱着一大沓琴谱，口里哼着调子，手指头在琴谱上愉快地打着拍子。可是，她的琴技真是糟透了。她白天在弹，傍晚也在弹，如果琴音可以用来杀人，她的琴音绝对可以称霸武林，杀人于千里之外。

然而，今天晚上，鬈发女人的琴音跟平日有点不同。她好像一夜之间进步了。从前是杀人的魔咒，今天却是温柔的抚慰。她弹的是 Dan Fogelberg（丹·佛格柏）唱的 *Longer*（《天长地久》），琴声戛然停止了，范玫因拿起放在床边的长笛。从家里的窗子望出去，是一盏昏黄的街灯，就跟她八年前在邵重侠的房间里看出去的那盏街灯同样寂寞。

她用长笛吹了一阕柴可夫斯基的《思念的旋律》。她吹得不好，她学长笛的日子太短了。当时忽然学起长笛来，也是为了邵重侠。那年夏天，她在同学会的聚餐上遇到他。他就坐在她旁边。

"从前在大学里好像没有见过你。"邵重侠说。

范玫因微笑点头。邵重侠是高年级，而且是不同系的。他不是没见过她，只是他忘记了吧。范玫因曾经跟他的室友邱清智走在一起。他们第一次见面的时候，她在邱清智的被窝里。那天晚上，邱清智告诉她，他的室友应该不会回来。当他们在床上做爱的时候，邵重侠忽然喝得醉醺醺地跑回来，邱清智尴尬地把她藏在被窝里。她在被窝的缝隙里偷偷看到了邵重侠。

邵重侠在邱清智的床边坐了下来，垂头丧气地说：

"可以聊天吗？"

"我很累！明天吧！"邱清智打了几个哈欠，假装要睡。

邵重侠只好站起来，回到自己的床上。

待到半夜里，邱清智竟然睡着了，范玫因怎么推也推不醒他，只好悄悄地从被窝里爬出来。她听到邵重侠在漆黑中呜咽。她蹑手蹑脚地想走出去，邵重侠忽然从被窝里探出头来，声音沙哑地问：

"谁？"

"我！"她吓了一跳。

"你是谁？"

"我是刚才躲在被窝里的人。"

"对不起，我不知道你们——"

"没关系。"她耸耸肩膀。

房间的窗子外面，可以看到一盏黄澄澄的街灯。范玫因看到了邵重侠半张脸，邵重侠却看不清楚她。

"我听到你在哭，是不是失恋？"她问。

"只是想起旧情人。"邵重侠说。

"你们分手多久了？"

"很久了。"

"为什么会分开？"

"她爱上了别人。"

"你仍然很爱她吗？"

"她是我的初恋。"

"她不爱你，你多么爱她也是没用的。"

"你说得对。"悲伤的震颤，"谢谢你。"

"不用客气。"

"我们还可以聊下去吗？"

"改天好吗？我现在没有穿衣服，我快要冷死了！"范玫因身上只有一条床单。

"哦，对不起！"

"我走了！在我离开之前，不要开灯。"

"你可以答应我一件事吗？"

"什么事？"

"不要告诉别人你看到我哭。"

"好的。你也不要告诉别人你在这里看见我。"

"我根本看不见你的样子。"

"好极了，那我便用不着把你的双眼挖出来！"

"你是不是看武侠小说看得太多了？"

"再见！"范玫因卷着床单扬长而去。

"再见，女侠！"

后来，范玫因跟邱清智分开了。每一次，当她在校园里碰到邵重侠，都会想起那天晚上的事。她从来没有想到，许多年之后，机缘之鸟再一次降临在他们的肩膀上。她看到邵重侠手指上并没有戴着结婚戒指，她的心忽然笃定了。更幸运的是，邱清智并没有来。她也向邵重侠打听过了，毕业之后，他跟邱清智没有再联络。

那天晚上，范玫因和邵重侠交换了名片。回家之后，她等了很长的一段日子，邵重侠并没有打电话给她。他并没有爱上她吧？然而，思念却折磨着她。

一天下午，范玫因来到邵重侠的办公室楼下。她想假装偶遇他。可是，当她看到邵重侠从大厦里走出来，她却没有勇气跑上前。她只敢默默地跟踪他。她跟踪了他好几天。他住在跑马地景光街，楼下有一间乐器行。她突然想到一个比偶遇他更好的方法。

她走进那间乐器行，负责人是个年轻女人。

"我想来学乐器。"范玫因说。

"你要学哪一种乐器？我们这里有钢琴、电子琴、小提琴、单簧管、长笛，还有古筝和琵琶。"

"长笛。"范玫因说。她喜欢笛子。

"你想上星期几的课？"

"每一天。"

"长笛的课只有星期三和星期五。"

"这两天都学。"

教长笛的老师放假，代课老师名叫翟成勋，年纪和她差不多。长笛班里，总共有四个学生。一个十二岁，一个九岁，一个更小，只有七岁。当她第一次走进课室时，三个小孩子恭敬地叫她老师。直到真正的老师走进来，他们才知道她是班上最老的学生。

她的苦心并没有白费，终于有一天傍晚，她在乐器行里看到邵重侠从外面回来。她匆匆背上背包走出去，在门口碰到了他。

"咦，是你？"范玫因露出一副惊讶的神情，问他，"你为什么会在这里？"

"我住在楼上。"邵重侠说。

"真巧！我在这间乐器行学乐器。"

"你学什么乐器？"

"长笛。"

邵重侠瞄了瞄她，露出奇怪的表情。

"你一定觉得我现在才学乐器太老了，是吗？"

"年纪大一点才学乐器，说不定领悟力也会高一点。"邵重侠笑了笑。

"哦，谢谢你。"顿了顿，她问，"你知道这一带有什么好吃的吗？"

"你还没有吃饭吗？"

范玫因摇了摇头。

"有一家日本料理很不错，我来做东吧，反正我还没吃饭。"

吃寿司的时候，范玫因的心跳得很快。从中学开始，她的追求者从未间断，她也从来不需要暗恋别人。可是，她现在却不明不白地暗恋着这个男人。回家的路上，她想，爱情来的时候，也许是一种报应吧。今天晚上，她要早一点睡觉，因为她答应了明天早上叫邵重侠起床。刚才吃饭的时候，他说明天大清早有个早餐会议，他怕自己起不了床，她立刻自告奋勇地说：

"我打电话叫你起床吧。"

"那怎么好意思？"

"没关系，我一向很早起床的。"

她哪里是个早起的人？今天晚上，她不敢睡。她抱着闹钟看影碟，一直待到天亮。她怕自己睡过了头，忘记了叫邵重侠起床。

早上七点半，她用愉悦的声音在电话里跟邵重侠说：

"起床了！"

邵重侠朦朦胧胧地说："谢谢你！"

后来，范玫因知道了邵重侠每天都没法早起，于是，她说："我每天起床的时候也叫你起床吧！"

就是这样，邵重侠每天早上听到的第一个声音是范玫因的。范玫因每天临睡时的愿望，是明天能够听到邵重侠的声音。她的每一个清晨，从此变得踏实了。这么幽微的心事，难道邵重侠看不出来吗？然而，他没有任何的行动。

范玫因仍然每星期两天到乐器行里学长笛，她差不多每天都会跟邵重侠通电话，他们偶尔会一起吃饭、聊天，甚至去看电影。也许，邵重侠并不是不知道她的心意，他只是没有爱上她。

一天晚上，他们两个从电影院出来，邵重侠忽然说："你是我的好兄弟！"

　　范玫因生气极了，整个晚上都板着脸，邵重侠还以为她在闹什么情绪。

　　难道她在邵重侠心中真是如此不堪，连半点吸引力也没有吗？还是邵重侠故意这样婉转地拒绝她？

　　隔天，范玫因跑去把一头长发剪短了。邵重侠看见她的时候，吓了一跳。

　　"你为什么把头发剪短？"邵重侠问。

　　"这样才能跟你做兄弟！"她幽幽地说。

　　"你的短发很好看！"

　　邵重侠说她好看的时候，范玫因忽然又心软了。这个人真坏，每当她再也熬不住了，想放弃了，他又在她心里燃起了希望的火光。她想，或许他最终会爱上她的。有那么一天，他会把她拥入怀里。

　　一天晚上，范玫因在乐器行上完课出来，看见邵重侠在乐器行外面徘徊，似乎在等她。她以为，那一天终于来临了。

"我记得你好像是这个时候下课的。"邵重侠说。

"你是不是想请我吃饭？"她俏皮地问。

"你喜欢吃什么？"

"单是每天早上叫你起床的'叫床费'也应该值不少钱吧？"

"当然！当然！"

"嗯——"范玫因想了想，说，"我想吃意大利菜，我知道有一家很不错。"

那是一家小小的意大利餐馆，没有菜单，厨师在市场里挑选当天最新鲜的菜回来烹调。客人吃到的，都是厨师认为最好的。

喝蘑菇汤的时候，邵重侠问她：

"你知道暗恋的滋味吗？"

范玫因的脸涨红了，邵重侠是在暗示一些什么吗？

"我从来没有暗恋过别人。"她违背良心地说。

"我也没有试过，可是，这一次——"

"你在暗恋别人吗？"

邵重侠腼腆地笑笑。

"她知道吗？"

"应该还不知道。"

"你为什么不告诉她？"

"我怕她以后会避开我。"

"或者她也喜欢你，只是在等你开口。"

"我不知道怎样开口，她是我的下属。"

范玫因的眼眶红了，连忙低下头。一朵油花漂浮在她面前那碗蘑菇汤里，像一颗豆大的泪珠，她觉得鼻子都酸了。她严肃警告自己，不要哭，也不准哭。

"她长得漂亮吗？"她抬起眼睛问他。

邵重侠微笑点头。

"你喜欢她什么？"

"也许是她给我的感觉有点像我的初恋情人吧！可是，她已经有一个要好的男朋友了。"

"那又有什么关系？她还没结婚。"

"抢人家的女朋友，不是我的作风。"

"如果她不爱你，你要抢也抢不到。"

她真的是疯了，竟然鼓励他去追求另一个女人。

"暗恋是一种自虐。"邵重侠苦涩地说。

"嗯，我大概可以想象那种滋味。"范玫因努力装出一副潇洒的样子。

邵重侠终于和那个叫林康悦的女人走在一起。他痛苦地做着第三者的角色。她太不甘心了，他宁愿选择一个有男朋友的女人，也不选择她。

从那个时候开始，范玫因常常在便利店里买一种浅蓝色小瓶装的婴儿香槟。说是婴儿香槟，并不是给婴儿喝的，而是那个瓶子跟一瓶小号酱油差不多。这种香槟不过是汽酒，味道很差劲。每一次，当她彻夜思念邵重侠的时候，她就罚自己喝一瓶婴儿香槟，直到她吐了一地，或者喝醉了之后像婴儿般睡着，才能够抵受那扑面而来的思念。

每一天的清晨，范玫因仍然奋勇地爬起床，像往常一样用电话把邵重侠从床上唤醒。可是，她知道，每天晚上，在他怀抱里的，是另一个女人。她还等什么呢？她真是无药可救，她在等他回来。

有时候，喝婴儿香槟也是没用的。也许，她该去找其他男人。

一个寂寞的晚上，她无聊地上网，想找个人聊天。她在网上Q了一个男人。找上他的原因，是他的代号跟邵重侠的生日是相同的。

"你知道暗恋的滋味吗？"范玫因在网上问。

"暗恋是卑微的，因此，我会说，我从来没有暗恋过别人。"对方回答。

"我也没有。"网上的好处，是不必说真心话。

每一天晚上，范玫因孤单地坐在电脑屏幕前面跟这个不相识的男人聊天。

直到有一天，那个男人约她出来见面。

"好的。"范玫因一口答应。

她选了一间酒吧作为第一次见面的地方，这种地方可以让她放荡一点。

"我怎样知道是你？"对方问。

"我总不能带着一枝玫瑰花出现吧？这样吧，我穿一个有玫瑰花图案的胸罩。"范玫因故意挑逗他。

"那我怎能看见？"

"好吧！我带一根长笛。"

"那我也带一根长笛。"

"一言为定。"

当她看到这个拿着长笛的男人时，她有点意外。她以为他是个热衷在网上结识女孩子的男人，但他看起来是个很乖的男人。他自我介绍说，他的名字叫郑逸之。

"你为什么会上网聊天？"她问。

"我失恋了，你呢？"

"我也可以说是失恋。是的，你为什么会用这个代号？"

"这是我小学一个女同学的学生编号。"

"你暗恋她?"

"是她暗恋我。"

"那后来呢?"

"后来,是我单恋她。"

"为什么会变成这样?"

"中间相隔了十一年。我们十一年后重逢,她爱上了另一个人,我只是个后备。"

"你比我幸福,我连个后备都不是。"范玫因伤感地说。

"做后备并不幸福。"郑逸之说。

"后备起码是有机会上场的。可是,我只是他的啦啦队。"

"他知道吗?"

"但愿他永远不知道。"

离开酒吧之后,范玫因和郑逸之去了酒店。大家脱掉上衣的时候,郑逸之看到范玫因果然穿着一个有玫瑰花图案的胸罩。

"你真的有一个这样的胸罩？"

"谁骗你！"

郑逸之爬到范玫因身上，半晌之后，他翻下来了。

"不行！我还是挂念着她。"郑逸之痛苦地说，"请不要耻笑我。"

"那你躺着好了，让我来！"

"好的，你来吧！"郑逸之张开了双手和双脚，乖乖地躺着。

范玫因爬到他身上，动也不动，眼睛湿湿地望着他。

"什么事？"郑逸之问。

"不行，我也挂念着他。"她趴在郑逸之身上呜咽。

"不要哭。我们不一定要做的。"郑逸之轻轻拍着她的背脊安慰她。

"为什么你也有一根长笛？"范玫因含着泪问。

"我小学时是学校长笛班的。你呢？"

"我最近才开始学的。他家楼下有一间乐器行，为了亲近他，我才去学长笛。"范玫因爬起来，问郑逸之，"你可以教我吹长笛吗?"

"我已经荒废很久了。"看到范玫因失望的表情,他说,"我试试看吧。你想听什么歌?"

"你会吹 Richard Marx(理查德·马克斯)的 *Right Here Waiting*(《此情可待》)吗?"

郑逸之把长笛放在唇边,仿佛回到了童年的岁月;只是,那支歌变成了一串哀伤的思念,流过了陌生的床,在无边的夜里飘荡。

歌是这样唱的:"我在这里等你……"他们两个要等的人,却在痴心地等待着另外的人。

第二天早上,范玫因在朦胧中醒来,一个声音在耳边说:

"起床了!"

她张开眼睛,是郑逸之,他已经穿上衣服了。

"我不知道你是不是要上班。"他说。

"是的!"范玫因连忙爬起来。

这是她第一次发觉,早上被人唤醒是多么地幸福。她和郑逸之在酒店外面分手，大家没说过会不会再见。现在是网络年代了，她还在玩暗恋，她真是该死的落伍。她没有再在网上找郑逸之，她知道淫乐救不了她。

范玫因终于等到那一天了。林康悦回到男朋友的身边。在两个男人之间，她选择了原来的那一个。分手之后的一个星期，邵重侠病倒了，他患上了重感冒。她第一次看到他时，他在宿舍的房间里因为想念旧情人而哭；这一次，他居然因为失恋而病倒了。他以为自己是现代梁山伯吗？他说不定还在吐血呢！然而，她还是跑去看他了。

看到邵重侠病倒在床上，她凄然爬进他的被窝里，怯生生地说：

"你可以抱我一下吗？"

邵重侠怔怔地望着她。

"我只是想你抱我一下。"她把头埋在他的胸怀里。

邵重侠把她抱住。

"我在脑海里想象这种感觉已经想象过许多许多遍了，是的，就是这样。"她搂着他说。

范玫因终于剖白了自己。然而，这一次的剖白并没有她在梦里想过千百回的结局。邵重侠一脸歉疚地说："你可以找到一个比我好的。"

他是永远不会忘记那个女人的吧？

无论他多么孤寂和伤心，他仍然不会爱上她。

"换了别的男人，今天晚上一定会和我睡。"她不甘心地说。

"是的，你很有吸引力，但我不想伤害你。"

"我不介意做后备。"

"你怎么可以做后备？"

"就连施舍一次你也不愿意？"

"别这样说，你在我心里是高尚的。"

"我不要高尚，我要爱！"她别过头呜咽。

范玫因记起，八年前的那个夜晚，当她第一次遇到邵重侠时，她安慰他说：

"她不爱你，你多么爱她也是没用的。"

当时的一句话，难道便是今天的写照？只是，哭泣的人换了是她。

八年前的往事仿如昨日，她和邵重侠却是关山之遥。

楼上的琴声又响起了。范玫因用长笛吹出那一支 *Right Here Waiting*。八年前的那盏街灯倒退回到她的窗子外面，唤回了那些青春美好的日子。她忽然原谅了所有在半夜里弹琴的人。午夜的歌声，不免有悲凉的理由。

她垂头看着自己身上那个绣着玫瑰花的胸罩，那天在被窝里搂着邵重侠的时候，她身上穿的，也是这个胸罩。在流逝的光阴里，羞耻转化成遗憾，她无可救药地思念着那个遥远的被窝。

天快要亮了，她喝下第十四瓶婴儿香槟。也许，待会儿她仍然会拿起话筒，把邵重侠从睡梦中唤醒。

Channel A

第 二 章

人的记忆都是有选择性的吧？
大家记着的事情，
是不一样的。

方志安刚刚回到家里，电话便响起来。他拿起话筒，听到一个久违了的声音。

　　"可以出来见个面吗？我是范玫因。"

　　"好的，什么时候？"方志安问。

　　"你吃晚饭了没有？"

　　"还没有。"

　　"那么，去吃顿饭吧？吃意大利菜好吗？"

　　挂上电话之后，方志安连忙去洗澡。洗澡的时候，他忍不住唱起歌来。一个女人忽然去找自己的旧情人，除了失恋，还有什么原因呢？以前就有一个女人告诉过他，她失恋的时候，会去找旧情人上床。

"为什么？"他问她。

"是要报复吧！报复现在的男朋友。"她说。

"那为什么一定要找旧情人？你可以找个新相识的。"

"跟旧情人上床，好像没那么吃亏，反正以前也上过了。"女人说。

"说的也是。"

"所以，如果你有很多旧情人，你是幸福的。每一次，当她们跟男朋友分手，她们会来找你上床。"

"那我岂不是应接不暇？"

"而且，和旧情人上床的女人，是不会有任何要求的。她们发泄过之后就会离开。"

"发泄？我是用来发泄的吗？"

"也许我说得难听了一点。女人去找旧情人，只是要一个怀抱，一点慰藉罢了。即使是报复，也是值得同情的。"

说这番话的女人，离开很久了，她一定生活得很幸福，因为她还没有来找他上床。

　　方志安把脸上的胡子刮得干干净净，然后擦上须后水。范玫因是要找他来报复另一个男人的吧？好吧，作为她的旧情人，他是有这个义务的。希望她还是像从前那么可爱，没有走了样吧。否则，他履行义务就有点困难了。

　　在那家小小的意大利餐厅里看到范玫因时，方志安的心笃定了，范玫因比从前更迷人。

　　"你转工了吗？我打电话到你的旧公司，他们说你离开了。"范玫因说。

　　"我辞职两年了。"

　　"你跳槽了吗？"

　　"不，我离开了这一行。"

　　"那你现在做些什么？"

　　"你每天抬起头都会看见的。"

　　"跟天空有关的？"

　　"嗯。"方志安点点头。

"不会是飞行员吧？"范玫因吐了一口气。

"为什么你说起飞行员的时候，会有这种表情？"

"我最近见过我的初恋情人。他以前的梦想是当飞行员，可是，这个梦想没有实现。我以为，竟然是巧合地由你去实现。"

范玫因最近见过初恋情人吗？然后又来找他，她一定是轮流找旧情人报复了。

"跟天空有关，又不是飞行员，那是什么？"范玫因问。

"是鸟。"方志安回答说，"我管理香港的鸟，是政府的雀鸟管家。"

"香港所有的鸟都是你管的？"

"可以这样说。当然，野生的鸟我们是管不来的。我们主要的工作是监察饲养在政府公园里的鸟，同时负责鸟类的繁殖。"

"这跟你以前做的工作完全不一样。"

"我更喜欢这份工作。"

"是的，我记得你家里有许多关于雀鸟的书，那时你也常常去观鸟。"

"每次你都不大肯去。"

"我比较喜欢人。"

"我却宁愿做一只高飞的鸟。"方志安说。

"我也转工了。"

"是吗？"

"我在网络公司工作。我负责的是一个寻人网站。你听

过吗？www.missedperson.com？"

"没听过。我没有人要寻找。"

"你肯定没有？"

"当然没有。"

"但是，有人找你呀！"

方志安怔住了："谁？"

"王佳佳。"

"谁是王佳佳？"

"你不认识她吗？"

"不认识。"

"我会不会弄错了？"

"到底是怎么一回事？"

"她是一个住在德国的网友，小时候在香港念书。她想找她小学四年级的同学方志安。我以为是你。"

方志安笑了："香港可能有一千几百个叫方志安的人呢！"

"对呀！我怎么没想到呢！跟你一起的时候，我就有点嫌弃你的名字太平凡。"

"你曾经嫌弃我的名字？"他有点不服气。

"我又不是嫌弃你！"范玫因理直气壮地说。

"说的也是。"

"你小时候是不是在北角炮台山道中安台的宝血小学念书的？"

"对呀！"

"你念四年级时，大概是一九八〇年的事。"

"是的。"

"小时候的你，是胖胖的，很顽皮，最喜欢摄影和写生。"

"是的。"

"那你还不是那个方志安！跟王佳佳提供的数据完全吻合。"

"等一下，"方志安想了想，"王佳佳这个名字好像有点熟。"

"你根本就是那个方志安！"

"你为什么那么肯定？"

"这是我的直觉！"

"我好像真的有一个女同学叫王佳佳。"

"太好了！"范玫因兴奋地说，"我要你去看看是不是这个人。"

"她来香港了吗？"

"不。你们可以在网络上聊天。"

"她为什么要找我？"

"不知道呀！也许她从前暗恋你吧。"

"她长得什么样子的？"

范玫因笑了："这个我不知道。"

"你找我就是为了这件事？"

"你以为是什么？"

"没什么。"方志安沮丧地说。

"你的鸟儿幸福吗？"范玫因问。

方志安抬头看看天空。

范玫因用手指头指指桌子下面，说："我说的是你身上那一只。"

方志安的脸红了，说："还好。"

他的小鸟今天一点也不好呢，他心里想。

方志安几乎已经把王佳佳的事情忘记了，过了几天，范玫因打电话来催促他。

"你找王佳佳了没有？"

"还没有。"

"为什么不上网看看，你没好奇心的吗？"

方志安不是没有好奇心。然而，范玫因愈是催促他，他却愈不想去知道自己是不是那个王佳佳要找的人。范玫因为什么要他去跟小学同学相认呢？那个女人可能是暗恋他的，说不定还会发展一段感情。范玫因不忌妒的吗？她对他已经没有半点余情了吧？

"好的，我会上网跟她联络。"最后，他答应了。

方志安照着范玫因给他的网址进入了那个寻人网站，果然有一个王佳佳寻方志安，并且留下了 QQ 号。方志安跟她联络上了。

"我想我是你要找的人。"方志安说。

"你是方志安吗？你还在摄影和写生吗？"王佳佳问。

"已经没有了。"

"你记得我吗？"

"对不起，印象真的有点模糊。"

"不如我把我的照片传过来给你看看。"

然后，方志安看到了王佳佳的照片，蓄着一头鬈发的她，长得很漂亮。他开始有点印象了。小学时，他有一个长得像洋娃娃一样、满头鬈发的女同学，他最爱扯她的头发。她是班上最美的女孩子。

这不是飞来艳福吗？

"我肯定就是你要找的人了！"方志安说。

"那么，你也把你的照片传过来吧。"

方志安在抽屉里找到一张自己最满意的照片传过去。

看过照片之后，王佳佳说："你还是胖胖的呀！"

"哦，是的，我还有一点婴儿肥。"方志安尴尬地说。

"你有一个哥哥方载文，比你高一级的，长得比你可爱。"

"现在是我比较可爱。"

"他好吗？"

"现在也是我比较好。"他俏皮地说。

"我们以前念的那所小学还在吗？"王佳佳问。

"几年前已经拆除了。"

"是吗？"失落的声音。

然后，王佳佳说："我记得学校里面有一座很漂亮的小教堂，我常常一个人躲在教堂里。"

"你记得阮修女吗？"方志安问。

"记得！她很凶的呢！一晃眼，已经二十年了！我现在已经不去教堂，心事太多了，只怕天主听到也会皱眉头。"

方志安心里想，又是一个失恋的女人无疑了。不过，这个失恋的女人比较奇怪，她不找旧情人上床，她找小学四年级的男同学上床。

几天之后，范玫因约了方志安在网络公司附近的 Starbucks（星巴克）见面。

"王佳佳写了电邮感谢我们，她说已经跟你相认了。她找你到底是为了什么？"

方志安故意微笑不语。

"她现在是单身的吗？"范玫因问。

"是的。"

"你也是单身的，那么，你们会不会……"

"说不定呀！"

"但为什么会是你呢？"

"我有什么不好？"方志安有点不服气。

"我是说，找一个小学同学太渺茫了。"

"现代人就是缺乏这种情怀。"

"对了，你哥哥好吗？"

"为什么女孩子都爱问起他？"

"他长得比你帅嘛！"

"可惜，他一生只爱一个女人。"

"那个女作家？"

"嗯。"

"这样深情的男人，不是很好吗？我也希望旧情人没法忘记我，像游魂野鬼，永远没法轮回！"

"好残忍的女人！"

"可是，你看来并没有思念我呀！你早就轮回了。"范玫因呷一口野莓味的 Frappuccino（星冰乐），微笑说，"有件事情要向你道歉。"

"什么事？"

"上次见面，我说我没有嫌弃过你，是骗你的。"

"你嫌弃过我？"

"就是你买了一块烧肉回来的那一次。你说是要拿去拜神，我没法接受一个会去拜神的男朋友。"

"所以，后来你走了。"方志安恍然大悟。

"可是——"范玫因说，"我现在倒觉得无所谓，每个人都有一种迷信，只是大家迷信的东西不一样罢了。虽然，我还是不明白你为什么会去拜神。"

方志安笑了笑，没有解释。

那天晚上，方志安收到王佳佳的电邮，她打算来香港找他。他答应了。他不知道为什么会答应。他真的想见她吗？还是，那天晚上他感到了一点屈辱？

在约定的日子，他到机场接王佳佳。她跟照片一样，是个美人坯子。

"你住哪一家酒店？"方志安问。

"我没有订酒店，你家里有没有地方可以让我住？"

他没有猜错。王佳佳说不定是被一个德国男人抛弃了，便来找个香港男人报复。报复，也是要落叶归根、认祖归宗的。

方志安家里有两个房间，他把王佳佳安顿在客房里。

两个人坐在阳台上喝咖啡的时候，他问王佳佳：

"你什么时候移民去德国的？"

"是五年级的时候。我的家人在那边开餐馆。我记得你也很喜欢吃东西。"

"是的。"

"你最喜欢吃香橙朱古力。"

"是吗？"他有点愕然，他从小到大都不爱吃橙，他小时候爱吃的是朱古力豆。

"你还喜欢吃国货公司的凉果。"

"凉果？是吗？"方志安一点印象也没有。

"你不记得运动会那天，我送了一包凉果给你吗？那天，你拿了四百米接力赛跑第二名。"

怎么他完全不记得这些事情？方志安一脸狐疑地望着王佳佳，会不会是她记错了呢？

"不过，你最喜欢的还是雀鸟。那时，学校养了几只白鸽，你常常去喂它们。"王佳佳说。

这个他倒是记得的。

"没想到你现在成了雀鸟专家。改天我可以去看看你工作的情况吗？"

"当然可以。"

"我记得你很喜欢唱歌。"王佳佳说。

他喜欢的吗？难道他年纪大了？往事真的太模糊了。

第二天清晨，方志安带王佳佳到香港公园去，这是他办公的地方。

一只苍鹭生病了，方志安要喂它吃药。

"你跟这里的雀鸟，感情都很好吧？"王佳佳问。

"我不能对它们太好的。"

"为什么？"

"假如我对它们太好，它们会忘了自己是鸟。"

"那它们以为自己是什么？"

"它们会以为自己是人，可以跟人谈恋爱，于是就不肯去跟异性的雀鸟交配，那便没法繁殖下一代了。"

"那不是很可怜吗？"

"它们到底不是人。"方志安摇摇头。

"人类的历史是由人写的。"王佳佳说。

"那是什么意思？"

"如果是鸟写的，它们可能会说，鸟对人太好，人会爱上鸟，忘记了自己是人。"王佳佳扫着那只苍鹭身上的羽毛说。

"是的，人和人之间也有许多误解，何况是人和鸟呢？我以前有一个女朋友，她因为我买了一块烧肉去拜神而跟我分手。"

王佳佳笑了："你为什么会拜神呢？你不像一个会去拜神的人。"

"那阵子我常常赌马，拜神是希望自己赢钱。"

"你是赌徒？"

"不，我只是想赢一笔钱，然后买一所房子跟她一起生活。"

"她说过要你买房子吗？"

"没有。"

"那就是呀！"

"因为很想和她有将来，所以，想买一所房子。可是，她不明白。我现在不赌马了，也没有房子。"

"我记得你喜欢砌积木的。你砌过一幢房子，还拿了奖呢！你曾经拥有过一幢房子的。"王佳佳说。

"我从来不砌积木的，我没耐性。"

"哦，是吗？"王佳佳怔了片刻，"也许我记错了，毕竟是很遥远的事。你还记得我们有个男同学名叫翁朝山吗？"

"对，我们常常一起玩的。"

王佳佳舒了一口气，说："幸好，这一次我没记错。你们还有联络吗？"

"小学毕业之后，已经各奔东西了。"

"你有没有他的消息？"

方志安摇摇头，说："即使在街上碰到，也不一定认得出来。"

"对了，今天晚上，由我来下厨好吗？"王佳佳说。

"你？"

"你忘了我家里是开餐馆的吗？我去买菜，你下班回来就可以吃饭了。"王佳佳兴致勃勃地说。

望着王佳佳离去的背影，方志安有些茫然。人的记忆都是有选择性的吧？大家记着的事情，是不一样的。这个突然闯进他生命的女人，是来寻找哪一些记忆呢？

晚上，方志安回到家里的时候，王佳佳已经做好了三个菜。她捧着第四个菜从厨房出来。

"这个你一定喜欢的。"王佳佳鬼马地说。

"是什么？"

王佳佳掀开盖子，说："是黄芽白煮烧肉。是烧肉呢！"

方志安笑了："你真是很会讽刺人！"

王佳佳做的菜很好吃，他想，一辈子和这个女人一起生活，也许是不错的。虽然，他对她的了解还是太少了。

"如果能够找到翁朝山便好了，我们三个人可以叙叙旧。"王佳佳说。

"对了，爱砌积木的，好像是他。"

"是吗？我都把你们弄错了。真的没办法找到他吗？"

"重逢也是要缘分的。"

"他现在变成怎样了呢？会不会已经结婚了？"

"他也许已经忘记了我和你。"

"会吗？"王佳佳脸上流露出惆怅。

"说笑罢了，你长得这么漂亮，他怎会忘记呢？"

"有一次，我一个人躲在学校的小教堂里哭，你来陪我玩摇摇，你记得吗？"

"我不记得有这件事。"方志安茫然地说。

"哦，也许我记错了。"王佳佳低下头吃饭。

是他记性太坏了，还是她的记性太坏？他望着王佳佳，她一直沉默着，那个神情，充满了沮丧和失望，她要找的那一段记忆，是真实的吗？

他们默默地吃完那顿饭。

"我来煮咖啡吧。"方志安说。

在阳台上喝咖啡的时候，王佳佳没有再提起那些遥远的往事了。她只是拿着他那本《鸟类图鉴》，问他："这是什么鸟？这个呢？你都见过吗？"

他们因为往事而相聚；然而，这一刻，童年的记忆仿佛又变得陌生了。王佳佳的眼眸里，已经失去了重逢的神采。他多么愿意自己是她回忆中的那个人。可惜，他的确不曾在教堂里跟她玩摇摇。

夜里，方志安努力去做一个梦，希望梦回童年的日子；可是，他在床上翻来覆去，还是记不起王佳佳说的那些片段。

几天之后，王佳佳向他辞行。

"我要回德国了。"她说。

"这么快就走？"

"嗯，餐馆需要我呢！"

"我送你去机场吧。"

"不用了。"

方志安替她拿了行李，说："走吧，我送你。"

分手的时候，王佳佳抱了抱他，说：

"对不起，我可能找错了人。"

方志安微笑着，从背包里拿了一份礼物出来，说："给你的。"

"是什么来的？"

"你拆开来看看。"

王佳佳把礼物纸拆开，是一盒香橙朱古力。

"本来想迟些才送给你，没想到你那么快要走。"方志安说。

"谢谢你。当我抬头看到天上的鸟儿，我会想起你。"临别的时候，王佳佳说。

方志安目送着王佳佳离去。他的确是方志安，可是，他知道她要找的是翁朝山。那些往事，是属于翁朝山的。

回到办公室，他打了一通电话给范玫因。

"出来喝咖啡好吗？"他问。

在 Starbucks 见面的时候，范玫因说：

"还以为安安和佳佳应该是一对的呢！海洋公园那对熊猫也是叫安安和佳佳。"

"这个佳佳不是熊猫，是过境鸟。"

"过境鸟？"

"是一种在移栖时，短暂停留在某个地方，然后继续往前飞行的鸟类。"

范玫因粲然地笑了："我们生命中，不是也有许多过境鸟吗？"

"是的。"他微笑。

"你的鸟儿好吗？"她问。

方志安望了望自己身上的小鸟。

"我是说天空中由你管理的那些。"

他的脸红了，笑笑说："还好。"

范玫因望着窗外的天空，说："那就好了。有鸟儿的天空比较漂亮。"

方志安离开 Starbucks，回到办公室。那只生病的苍鹭已经复原了，他把它放回公园里，看着它拍翼高飞。

过境的鸟，只是一个美丽的偶然。

Channel A

第 三 章

爱总是有轻和重。
有些爱情轻盈，有些爱情比较重。
岁月会决定它的重量。

深夜十二点半，林康悦驾着她那辆小小的敞篷车回家。车停好之后，她并没有立刻把收音机关掉，她还想听下去。夏心桔在节目里提出了一个问题：

"如果可以让你回去人生某个阶段，你要回去哪个阶段？"

她又要回去哪个阶段呢？

她就要现在这种幸福的日子。

她走出电梯，一边哼着歌一边从皮包里掏出钥匙开门。门开了，她亮起客厅里的灯。翁朝山直挺挺地坐在沙发上，眼神冷冰冰的，吓了她一跳。

"你还没有睡吗？"

"为什么这么晚才回来？"他幽幽地问。

"不是告诉过你，我今天晚上跟旧同学吃饭吗？"

"玩得开心吗？"翁朝山微笑着问。

"嗯！我们很久没见面了。"

"你今天打扮得很漂亮。"他说。

"是吗？"她今天穿了一袭黑色的紧身连衣裙，是去年买的，一直放在衣柜里，没怎么穿过。

她脱掉鞋子，在翁朝山身边坐了下来，依偎着他说："李思洛结婚了，罗曼丽跟男朋友闹得很不开心。"

"跟旧同学见面也要穿得这么漂亮的吗？"翁朝山的目光充满怀疑。

"你又来了！"她望着他，很想说话，最后还是把话吞进肚子里。

"我去洗澡。"她站起来，走进房间里。

翁朝山望着她颓丧的背影，有点痛恨自己。

林康悦洗澡的时候，翁朝山也脱掉了衣服走进来。

"对不起。"他在后面抱着她，头搁在她的肩膀上。

"你为什么老是怀疑我？"林康悦生气地说。

"我不是怀疑你，这么晚了，还不见你回来，我担心你。"

林康悦转过身来，难过地望着翁朝山，说："你已经不再信任我了。"

"没有这回事。"翁朝山拿了一块肥皂，在手上揉开了泡沫，涂在她身上。

"你知不知道每个女孩子在参加旧同学的聚会时，都会刻意打扮自己？因为大家都不想在外表上输给对方。"林康悦觉得她因为那一袭黑色裙子而受了委屈，不能不说出来。

"我不知道，我只知道你不回来，我便睡不着。"翁朝山说。

"你永远也不会再像从前那么爱我了，对吗？"她悲哀地问。

翁朝山捧着她濡湿的脸，说：

"我和从前一样爱你。"

他拿起莲蓬头，替她冲去身上的肥皂和脸上的眼泪。

林康悦蹲了下来，脸埋在双手里。她应该相信他吗？还是，他所说的每一句话，只是爱的谎言？

翁朝山也蹲了下来，温柔地把林康悦掩着脸的一双手拉开，说："快点穿上衣服吧，这样会着凉的。"

林康悦摇了摇头，把翁朝山手上的莲蓬头拿过来，搁在他的肩膀上，让热水缓缓流过两个人的身体。她坐了下来，紧紧地搂住翁朝山，双腿缠着他的身体。水蒸气在四周弥漫着，这一刻，除了水声和呼吸声，她什么也听不见，也看不见翁朝山的脸，一种温柔的幸福降临在她身上，唤回了更加美好的岁月。

那个时候，她正和翁朝山热恋。一天晚上，她和罗曼丽在尖沙咀吃晚饭。吃完饭之后，她们在弥敦道散步。那一带有许多流动小贩的摊子，她在其中一个卖胸针的摊子上看到一个"Love"字样的胸针。那个"Love"是用许多颗假宝石嵌成的。

"我要买这个！"她拿起那个胸针。

"不是吧？"罗曼丽摇着头问她。

"为什么不？"

"你不觉得很肉麻吗？"

但她始终不肯放下那个胸针。

"谁会买这个字样的胸针？"罗曼丽说。

"你不需要'love'吗？"

"但是，没有人会把需要挂在胸前的呀！"

林康悦没有理会罗曼丽的劝告，坚持把那个胸针买了下来。

"要是你把这个胸针挂在身上，我才不要跟你一起外出。"罗曼丽笑着警告她。

她根本没有打算把那个胸针挂在身上。它很没有品位、很粗糙。然而，那一刻，她不听罗曼丽的话，硬要买这个胸针，也许是因为正在热恋吧？

心里有爱，被人爱着，也爱着别人，整个世界都充满了爱，看到"love"这个字，双眼也会发光。明明知道自己不会挂这个胸针，仍然买了下来，因为她正在享受爱，也正在感受爱。那个时候，她忽然理解，坏的品位，也许有幸福的理由。

她告诉翁朝山："罗曼丽说，要是我挂上这个胸针，她拒绝和我一起外出。"

翁朝山听了，只是微笑不语。他的微笑里，充满了幸福。她从来没有在一个男人脸上见过这么幸福的神情。一向以来，都是男人许诺给女人幸福；然而，那一刻，她很想给他幸福。可是，这个幸福的许诺并没有兑现。她曾经以为翁朝山是她最后一个男人了。后来，她却爱上了另一个人。

邵重侠是她的上司。大家认识的时候，他就知道她有男朋友了。

一天，她发现自己放在荷包里的一张照片不知什么时候不见了。那是她四岁的时候在家里那棵圣诞树下面拍的，底片已经没有了。

到底是什么时候遗失的呢？她在家里怎么找也找不到。那天傍晚，她一个人在办公室里，翻箱倒柜地找。

"你在找什么？"邵重侠问。

"我在找一张照片。不知道在什么地方遗失了,那是我很喜欢的一张照片。"

"是这一张吗?"邵重侠从皮包里掏出她遗失了的那张照片。

"就是这一张!"林康悦欢天喜地地说。她还以为,她会永远失去这张照片。

"你是在哪里拾到的?"她问。

"在咖啡机的旁边。"

"一定是我买咖啡的时候不小心掉了。你是今天拾到的吗?"

"是四个月之前。"邵重侠说这句话时,耳根陡地红了起来。

她忽然明白了。

这个男人一直偷偷藏起她的照片。

她望着邵重侠,他满脸通红。谁能拒绝这种深情呢?那一刻,她爱上了他。那时候为什么会爱上他呢?她心里不是已经有另一个人了吗?那是她曾经相信的幸福。也许,她太年轻了。人在更年轻的时候,总是对爱情需索无度。

林康悦瞒着翁朝山，偷偷地和邵重侠见面。她用上了许多借口：开会、加班、跟旧同学聚会、和罗曼丽吃饭……为了另一段感情，她说了不少的谎言。而其实，她从来就是一个不善于说谎的人。

　　一天晚上，当她从邵重侠的家里走出来，她看见翁朝山幽幽地站在对街那家便利店外面等她。原来，翁朝山从家里跟踪她来这里。看到他的那一刻，她震惊得想立刻逃跑。可是，她能逃到哪里呢？她在他面前，惭愧得没法抬起头来。还是翁朝山首先问她：

　　"你要跟我回去吗？"

　　她望着翁朝山，她从来没有在他脸上看过这么痛苦的神情。她是多么差劲的一个人！她在他眸中看到一个残忍的自己。什么时候，她已经忘记了在弥敦道的流动摊子上买"Love"胸针的幸福？又在什么时候，她开始义无反顾地背叛一段挚爱深情？而这一刻，这个男人的脸上甚至没有一丝怨恨。他来这里，仿佛是要带这个迷途的小女孩回家。

她回报他的深情的，竟是背叛。她多么痛恨她自己！

两个人坐在那辆敞篷车上的时候，她掩着脸失声饮泣，翁朝山一句话也没有说。收音机拧开了，夏心桔在节目里问：

"无限的尽头究竟在哪里？"

这个问题，来自米谢·勒缪的一本小书，书的名字是《星星还没出来的夜晚》。一个小女孩在暴风雨之夜，对无限、生命、死亡、自我、爱与孤寂提出了许多问题。

无限的尽头在哪里？

她的哭声在寂静的夜里回荡，翁朝山却一直痛苦地沉默着，哭的为什么不是被背叛的那个人呢？无限的尽头是爱。他用无限的宽容来饶恕一个不忠的情人。

他太爱她了，他是来带她回家的。冷冽的风从外面吹进车厢里，翁朝山伸手从后座拿起自己的外套披在她身上。林康悦哭得更厉害了。她很想跟他说对不起，可是，在这一刻，"对不起"这三个字对他来说，太痛苦了，翁朝山也许宁愿她沉默。谁能忍受自己的爱遭受背叛和遗弃呢？那一刻，她才深深地知道，她爱的是翁朝山。她不能想象他从她的生命中消失。没有了他，那些日子将会多么难过！

林康悦离开了那家公司，离开了邵重侠。爱总是有轻和重。有些爱情轻盈，有些爱情比较重。岁月会决定它的重量。她只能辜负迟来的一个。邵重侠在她的生命里，远远比另一个男人轻盈。他的价值，也许是让她知道，她爱翁朝山更多一点。如果不曾爱过另一个人，她怎么知道，她最不能够失去的，是翁朝山的爱？她回到他身边，用以后的日子偿还她对他的亏欠。

可是，她曾经见过的，在翁朝山脸上的那个幸福的笑容，自她回来之后，仿佛就没有再出现过了。有时候，他会变得多疑和忧郁。

一天晚上，她发现翁朝山在书房里翻她的东西。

"你在找什么？"她问。

"我在找我的电话簿。"翁朝山说。

她知道翁朝山在偷看她的日记。

自从她回来之后，翁朝山总是害怕她会再一次离开。因为内疚，她一次又一次地，由得他怀疑。谁叫她曾经辜负过他呢？也许，他还需要多一点的时间，才能够像从前那么相信她。她会等待。

今天晚上，她和几个旧同学见面，翁朝山竟然又怀疑她。他说是担心，她知道是怀疑。他是永无可能忘记过去的吧？

翁朝山把水龙头关掉，用一条大毛巾把她牢牢地包裹着，温柔地说："现在去睡吧。"

林康悦忽然觉得，她是他放在掌心的一只小鸟。她曾经从他手上飞走，她背叛过他，她愿意用她的余生去修补那道裂痕。

后来，有一天晚上，她在罗曼丽的家里陪着她。罗曼丽跟男朋友吵架了。她跟那个男人一起一年零三个月了，可是，那个男人依然想念着七年前的旧情人。他根本不爱她。

"我想去找那个女人。"罗曼丽说。

"那个女作家？"

"嗯。"

"你找她干什么？"

"只是去看看。"

"你知道她住在哪里吗？"

"不知道，但我可以去出版社碰碰运气。"

"你要看些什么？"

"她在我爱的男人心中永垂不朽，我是既羡慕也忌妒，要去仰望一下。"

"别疯了！"

"不去仰望，去自怜也是好的。你猜邵重侠会不会偷偷去看你，或者看翁朝山？"

"我不知道。"

"这个世界上，每天到底会有多少人去偷看旧情人和旧情人的情人呢？"

林康悦笑了："有谁知道呢？被偷看的人，也许是比较幸福的。"

"你爱的，到底是翁朝山，还是邵重侠？"

"翁朝山。"林康悦甜丝丝地说，"他在我心中也是永垂不朽。"

今夜起了暴风雨，林康悦那辆敞篷车在公路上飞驰。她想快点回去，翁朝山会担心她的。

她拧开车上的收音机，夏心桔的节目播出了最后的一支歌，那是 Dan Fogelberg 的 *Longer*，《天长地久》。然而，这一段路却好像永远也走不完，她想快点回去。翁朝山一定还没有睡。他说过，她不回去，他是睡不着的。

当她打开门的那一刻，迎接她的不是温柔的等待，而是一张愤怒的脸。

"曼丽的心情坏透了，所以我……"她连忙解释。

"你真的是在她那里吗？"翁朝山问。

"是的。"她嗫嚅着，她从没见过他这么凶。

"这是什么？"翁朝山把一个信封递到她面前。

她接过那个信封，里面是一张违反交通规则的罚单。

她不明白他为什么这么愤怒。

"我忘记了缴罚款！"她说。

"这张罚单是两个月前发出的，地点是跑马地，姓邵的那个男人，不就是住在那里吗？"

"你以为我去找他？"她觉得受了很大的委屈，"那天晚上，我就是去跟旧同学吃饭。饭后，我送李思洛回家，她是刚刚搬到那里的，我事前也不知道。"

"你真是一个说谎的高手，我比不上你！"翁朝山冷冷地说。

"我根本没有说谎！"

"你说过的谎话实在太多了！今天晚上，又是跟姓邵的见面吧？"

"你太过分了！"她向他咆哮，"既然你不相信我，为什么还要跟我一起！你从来就没有原谅过我，那为什么还要假装大方！"

"是的，是我的错！"翁朝山痛苦地说。

"我不是这个意思——"

她望着翁朝山，眼泪从他的脸上滚下来。她从来没见过他哭。她太知道了，他没有办法忘记她的背叛。他怀疑她的时候，比她更痛苦。她曾经很愿意用她的余生去修补这段感情的裂痕，但她现在明白了，无论她这一辈子多么努力，也无法修补。他们流着泪对望，她比从前爱他更多，他又何尝不是？然而，也是时候要完了。

第二天，林康悦一个人搬了出去。那辆敞篷车仍旧停在大厦里，那是翁朝山从前送给她的礼物。夜里，只剩下他一个人，他不用再等门了。

翁朝山多么讨厌自己！曾经有一天，他竟然偷偷翻看她的日记。一次又一次，只要她不在身边，他便会联想到她是和另一个男人在一起。

这一辈子，他也没法忘记那天晚上发生的事。他从家里跟踪她出来。她坐的那辆出租车停在跑马地景光街一幢公寓外面，姓邵的男人在那里接她，他们一起走上去。他就知道她偷偷地和别人来往。他站在对街的便利店外面等她。他既愤怒又害怕，他害怕失去她。那一刻，他才知道自己爱她比他所以为的更多。

等待的每一分每一秒，都是锥心的折磨。当林康悦从大厦里出来的时候，她脸上是带着微笑的，她是给别人抱过吧？有哪个男人可以承受这种苦楚？他走上前去，接她回家。他很想忘掉她的不忠，可是，曾经有过的裂痕，是永远不可能修补的。他讨厌自己变成这个样子，他不想再怀疑她，那会削弱他对她的爱。也许，唯有分开之后，两个人各自生活，他才能够永远思念她。

无限的尽头究竟在哪里？

林康悦一个人走了出来，她没有恨翁朝山，她知道他心里是多么地难受。告别，只是不想再彼此伤害。她的钱包里，放着一张翁朝山的相片，那是他九岁那年照的。他手上拿着一片香橙朱古力，笑得天真而幸福。这样幸福的微笑，在他们一起的日子里，她是曾经见过的。

如果可以选择回到人生某个时刻，她要回去没有裂痕的时候。她以为裂痕是可以用爱去修补的，原来她错了。

无限的尽头不是爱，爱是有限的，止于背叛和不忠。这一次，她知道翁朝山不会再来接她了。

Channel A

第 四 章

她可以忍受他心里永远怀念另一个女人，
但她不可以忍受自己在他心中只是一具横陈的肉体，
没有感觉，也没有尊严和痛苦。

深夜一点二十分，罗曼丽拿着电话筒的手，微微地颤抖。电话那一头，夏心桔的助手告诉她："我们接着就会听你的电话。"

　　她常常嘲笑那些打电话到电台节目诉心声的人，没想到她自己竟然也会做这种傻事。她现在终于体会到那些在空气中诉说自己的故事的人的心情了。有些郁结，你只能托付于一个你不认识的人，这样是最安全的，也唯有这样，心里的痛苦才能减轻一些。

　　电话那一头，传来夏心桔的声音：

　　"你现在收听的是 Channel A，我们要接下一个电话了。喂，是罗小姐吗？你有什么想跟我们谈的？"

"假如一个男人和你在一起一年零三个月了，他还是不愿意公开承认你是他的女朋友，那代表什么？"罗曼丽用震颤的嗓音说。

沉默了片刻，夏心桔反问她："你说这代表什么？"

罗曼丽忧郁地对着电话筒笑了笑，说："他不爱我。"

"你自己都有答案了。"

"可是，他是有一点点爱我的——"罗曼丽喃喃说。

收音机里飘来一支哀婉的歌，那是 Richard Marx 的 *Right Here Waiting*。挂上电话之后，她深深地吸了一口气，她觉得现在好过一点了。这支歌，她以前听过的。那时她比较快乐，不明白思念和守候的痛苦。现在她终于明白了。痛苦的时候，一个人甚至会做一些她平常绝对不会做的事，譬如她今天晚上所做的事。

她也没有太多时间伤心。明天是公司的周年晚宴。今天晚上，她要好好地睡，让自己看起来容光焕发。

她在一家美国药厂工作。这天在周年晚宴上，同事杜苍林的太太王莉美就拉着罗曼丽，很认真地说："曼丽，我有一个表哥在美国硅谷工作，他还没结婚。下个月他回来度假，我要替你们做媒。"

杜苍林说："曼丽长得这么漂亮，还用你来介绍男朋友吗？"

"曼丽就是没有男朋友，她常常形单影只的。"王莉美顿了顿，又问："曼丽，你到底有没有男朋友？"

罗曼丽尴尬地说："工作这么忙，我哪儿有时间谈恋爱？"

"听见了吗？"王莉美对她丈夫抬了一下头，证明自己是对的。

杜苍林指指旁边的方载文，说："方载文也没有女朋友，你不如撮合他们两个吧。"

"方先生，你没有女朋友的吗？"王莉美问。

方载文腼腆地说："暂时还没有女孩子看上我。"

"怎么会呢？你的条件这么好！"王莉美说，"只是太专注工作了吧？"

罗曼丽的终身大事成了下半晚的话题。这一次，王莉美是很认真地要为她做媒。

晚宴结束后，罗曼丽一个人从酒店出来，碰到方载文开车和几个同事一起离开。

"再见。"方载文跟她说。

"再见。"她跟车上的人挥挥手。

望着方载文的车子开走之后，她登上一辆出租车。

"小姐，你要去哪里？"出租车司机问她。

"你随便绕几个圈子，然后去铜锣湾加路连山道。"

最后，车子停在铜锣湾加路连山道一幢公寓外面。罗曼丽下了车，走进公寓，来到十九楼。她按下 A 座的门铃。方载文来开门的时候，还没有脱下刚才在晚宴上穿着的那套西装。

方载文抱着她，微笑着说："你今天晚上很漂亮。"

"是吗？那你为什么不肯公开我们的关系？我和你都是单身，我不明白你有什么好怕的。"

方载文吻了吻她，说："我不是说过很多遍吗？这是我们两个人的事，没有必要公开。况且，我们一直也没公开，忽然公开，其他人会觉得很古怪的。"

"是不是因为你不爱我？"罗曼丽难过地问。

方载文拍拍她的头，说："你又来了！"

他就是这样，每次当她问他爱不爱她，他总是不肯直接回答。

方载文脱去她的裙子，把她拉到床上。当他在她身体里面的时候，她感觉得到他是有一点点爱她的。可惜，那一点点的爱太少了，还不足以让他肯公开承认他们的关系。她多么希望他对她连这一点点的爱也不曾有过，那么，她便可以洒脱地离开。他偏偏让她在他眼睛最深处看到那一点点的爱，让她存有希望。

"杜太太说要给我做媒呢！"她刻意试探方载文的反应。

"她说说罢了。"

"她是认真的。"

方载文什么也没说。

忽然之间，所有凄然的感觉都涌上心头，罗曼丽说："是的，你是不会忌妒的，我根本不是你女朋友！"

"我不是这个意思，你不要这么敏感。"他有点不耐烦。

"你是不是还没有忘记她？"她盯住他的眼睛深处。

"你在说谁？"他避开她的目光。

"你知道我在说谁的。"

"那已经是很久以前的事了。"他翻过身子去睡觉。

"但是你仍然没有忘记她！"

罗曼丽光着身子站起来，走到方载文的书房里，拉开书桌的第一个抽屉，放在上面的，是一本关于候鸟的书，是他弟弟送给他的。那本书下面，全都是韩纯忆的小说。罗曼丽指着那些书，愤怒地说："你仍然买她的书！"

方载文站起来，生气地问："你什么时候翻过我的东西？"

罗曼丽眼泪汪汪地说："你为什么要这样对我？"

她的眼泪软化了他。方载文搂着她，说："你不要这样。"

"走开！"她推开他，走到床边穿上衣服。

"你要去哪里？"

"回家！"

"你喜欢怎样便怎样吧。"他无可奈何。

罗曼丽一边穿鞋子一边跟他说：

"明天回到公司里，我会把我们的关系告诉所有人。"

"你不要发疯！"

"你害怕吗？"罗曼丽惨然地笑笑。

离开了方载文，罗曼丽踏着悲伤的步子回家。她自己也知道，明天回到公司，她绝对不会有勇气把他们的关系公开。她害怕会失去他。

认识方载文的时候，她刚刚失恋，他也是一个人，开始的时候，是大家都有点意思的。女人总是希望和其他人分享自己的快乐。但是，他说："我们才刚刚开始，太早说出来，我怕对你会不太好。"过了一些日子，她觉得应该公开，他又说："在办公室里谈恋爱，会让人说长道短的。"现在他又说："这是我们两个人的事，没有必要公开。"方载文不但在公司里不承认她，在朋友之间，他也不承认她。他从来不肯带她去见他的朋友。他跟他的弟弟那样要好，也从来不肯让他们见面。今天晚上，当他在王莉美面前不承认自己有女朋友的时候，他的表情是多么地自然，一点破绽也没有。他是由衷地认为自己没有女朋友。

方载文曾经是有过女朋友的。他和她在七年前分手。她就是现在成了名的女作家韩纯忆。他不肯说他们为什么分手。七年来，他断断续续交过几个女朋友，但他始终没有忘记韩纯忆。韩纯忆走了那么多年，却在他心里霸占着最重要的位置。

因为他的缘故，罗曼丽买了所有韩纯忆的小说，企图从她的故事里找到一点方载文的影子。

作家写的东西，总是离不开自己的经历。可惜，罗曼丽无法在韩纯忆的故事里找到一点线索。也许，韩纯忆根本没有怀念方载文。罗曼丽觉得方载文很可怜，他那样撕心裂肺地想念着一个旧情人，那个旧情人却早已经把他忘记了，永远不会回来他身边。

她忽然有点同情他，原谅了他对她的冷漠。第二天，她在公司的电梯里与他相遇，电梯里还有其他人。她站在他身后，看着他的背影，她的心更软了。其他人出去了，电梯里只剩下他们两个。

"对不起。"她跟方载文说。

方载文用手拍拍她的肩膀微笑，那是原谅的手。他原谅了她。她欢天喜地地搂抱着他。电梯门打开，他们立刻熟练地分开。方载文走了出去，她走在后头。她一边为跟他和好如初而兴奋，一边却又为自己感到难过。她并没有做错些什么，她为什么要首先说"对不起"这三个字？对了，通常说"对不起"的，不是做错事的那个人，而是处于下风的那一个。

这天晚上，她跟李思洛和林康悦去吃意大利菜。李思洛婚后的生活很快乐。结婚之前，李思洛去找过十五年前的旧情人姜言中，她一直没有忘记他。她终于找到姜言中了。他们还上了床，她以为姜言中会叫她不要去结婚，然而，他却开车把她送回家，然后跟她说："祝你幸福。"十五年来，他并没有她所想象的那么怀念她，是她一厢情愿罢了。终于，她的梦醒了，可以了无牵挂地去结婚。

罗曼丽也去找过旧情人梁正为，可是，梁正为已经爱上另一个人了。方载文为什么不可以呢？她觉得那些怀念旧情人的人，都患上了可怜的考古癖。

这个星期，罗曼丽和方载文去了印尼巴厘岛度假。这是她梦寐以求的一次假期。方载文从来不肯和她一起请假，他说，两个人一起请假，会引起同事怀疑。她觉得他根本不想和她一起去旅行。这一次，也许因为内疚吧，他答应陪她去印尼玩。

假期本来很圆满，直到他们回来香港的那一刻，所有的快乐都变成了悲伤。他们排队过检查站的时候，他在人群中发现了杜苍林和他太太王莉美。方载文立刻从罗曼丽的身边走开。罗曼丽出来的时候，找遍了机场和车站，也见不到方载文。她以为他会等她，他却竟然害怕得撇下她走了。

风冷冷地吹来，罗曼丽一个人站在机场外面饮泣。方载文不是否认她，他简直就是遗弃她。他把一个今天早上才和他上过床的女人遗弃在机场。她一边走一边流泪，她真的有那么糟糕吗？在《新约》里，彼得三次不认耶稣。在这一年零三个月里，他已经不止三次否认她。她不是耶稣，她没有耶稣那么仁慈和宽大，她也不能像耶稣一样，死而复生。她的心死了，很难复活。

家里的电话不停地响，她坐在电话机旁边，想着这个她爱过和恨过的男人。电话的铃声彻夜响起，她终于拿起话筒。

"你没事吧？"方载文在电话那一头紧张地问。

所有甜酸苦辣都忽然涌上眼睛，罗曼丽流着眼泪说：

"我真的希望我有勇气不接这个电话。"

为什么他总是在她决定死心的时候又燃起她的希望？她知道，她又会原谅他了。

她不甘心。她到底有什么比不上韩纯忆？这个女人凭什么在离开七年之后还霸占着一个男人的心？

第二天回到公司，罗曼丽把累积下来的假期一次拿光。她骗方载文说，她跟林康悦一起去意大利玩。

　　假期开始的第一天，她从早到晚在出版社外面守候。她不知道韩纯忆住在哪里，唯一的方法就是在这里等她出现。以后每天，她都会这样做。她在韩纯忆的小说里见过她的照片，但是她很想看看她到底有什么吸引力。这是她两个月来做的第二件傻事。第一件傻事是打电话到电台节目诉心声。她觉得自己很可笑。她一向心高气傲，却为了一个男人沦落到这个地步。

　　她等了整整十三天，也见不到韩纯忆。到了第十四天的黄昏，她终于看到韩纯忆了。韩纯忆远远地走来，罗曼丽立刻跑上前，假装跟她擦身而过。在擦身而过的那一瞬间，她望了韩纯忆一眼，韩纯忆也下意识地看了她一眼。

　　她终于等到这一刻了。韩纯忆也不过是个普通女人。她真想告诉韩纯忆，有一个男人在跟她分手七年后仍然痛苦地想念着她，她是多么地幸福。

第二天晚上，罗曼丽来到方载文家里。

"意大利好玩吗？"他问。

"嗯，我看到了我一直想看的东西——"

"是哪一个名胜？"他天真地问。

罗曼丽搂着他，凄然地问："你有没有挂念我？"

"你又来了！"他摸摸她的头发。

他总是这样的，他甚至不曾想念她。

她扑在他身上，粗野地脱去他的裤子。她是如此没有尊严地想把自己送给他。

半途中，她伸出手去拧开收音机。

收音机里传来夏心桔的声音：

"我们昨天已经预告过了，今天晚上将会有一位特别嘉宾，她现在就坐在我对面，她是名作家韩纯忆小姐——"

"把它关掉好吗？"方载文伸出手去想把收音机关掉。

罗曼丽捉住他的手，把他那只手放在她心上，说："我想听——"

韩纯忆开始说话了。

罗曼丽盯住方载文眼睛的深处，伤心地发现，她曾经在那里看到的，他对她的一点点的爱，根本不是爱，而是怜悯。他怜悯她那么爱他。

他沮丧地从她身上滑下来。

"你是不是无法做下去？"她笑着笑着流下许多眼泪。

当一个女人不被一个男人所爱，她赤身裸体，在他眼里，不过是一堆血肉和骨头。她可以忍受他心里永远怀念另一个女人，但她不可以忍受自己在他心中只是一具横陈的肉体，没有感觉，也没有尊严和痛苦。

她穿上衣服。临走时替他把收音机关掉。她不恨他，她甚至有点可怜他。他也想忘记韩纯忆，只是他忘不了。今天晚上，韩纯忆的声音又唤回了他那些沉痛的记忆。他知道她是不会回来的，他的梦早已经完了，他却不肯醒来。

罗曼丽想起她曾经读过的两句诗：

梦醒时，生活是折翼的鸟，不能再飞了。

梦来时，生活是一块覆满雪花的不毛之地。

梦醒梦来，都是可悲的。她的情人是一只折翼的小鸟，他没有能力再去爱。

Channel A

第 五 章

真实的东西，有时是很残忍的。
我们本来就是活在一个充满谎言的世界里。

韩纯忆收到出版社寄给她的新书，迫不及待从头到尾看一遍。翻到第一百一十二页，她看到这一句：

不要相信男人在床上所说的话。他说同一句话一百遍，也是谎言。到了第一百零一遍，他说的，仍然是谎言。然而，有些男人是例外的。

原文根本没有"然而，有些男人是例外的"这一句。最后一句，到底是谁加上去的？她气冲冲地打电话到出版社找姜言中。

刚刚冲好一杯 Starbucks 咖啡准备好好享受一下的姜言中，拿起话筒，听到韩纯忆在电话那一头很愤怒地命令他：

"姜先生，请你翻到我的新书第一百一十二页。"

姜言中手上那杯咖啡差一点就泼在桌上。他放下咖啡杯，好不容易才在乱糟糟的书桌上找到韩纯忆的新书，连忙翻到她说的那一页。

"韩小姐，有什么问题呢？"

韩纯忆凶巴巴地说："这一页最后的一句是谁加上去的？是你吗，姜先生？"

"当然不是我。"

"那是谁擅自在我的书里加上这一句？是你们的编辑吗？"

姜言中望向坐在他附近的纪文惠。纪文惠刚好打开一个小圆罐子，把一颗酸梅放进嘴里。她看到姜言中望向她这边，于是拿起那个圆罐子走到姜言中面前，问他：

"姜先生，你是不是也想要一些？"

"不，不，不。"姜言中摇着手。

"未经作者同意而改动他的作品，是对作者最大的侮辱。"韩纯忆说。

"我会彻查这件事。"

"好的。你最好能给我一个合理的解释。"韩纯忆在电话那一头悻悻然地挂线。

纪文惠看到姜言中手上拿着韩纯忆的新书，便问他："姜先生，是不是出了什么问题？"

姜言中指着第一百一十二页最后一句，问她："这一句是不是你加上去的？"

"嗯。"纪文惠点头。

"你为什么——"他气得说不出话来。

"不是每一个男人都说谎的——"

"但，但——"

就在这个时候，叶永绿来了，准备接纪文惠下班。

"刚才是韩小姐打来的吗？"纪文惠问姜言中。

"不，不是。我随便问问罢了，你可以下班了。"

"嗯。"纪文惠放下了心头大石，跟叶永绿说，"我去一下洗手间。"

纪文惠出去了，叶永绿问姜言中："她是不是做错了什么事情？"

"她擅自在作者的小说里加上自己的句子，怎么可以这样做呢？"

"那现在怎么办？"

"作者刚才打电话来质问我。这个韩纯忆是一点也不好惹的。"

电话铃声再次响起。

"糟糕，一定又是她打来的。"姜言中战战兢兢地拿起话筒。

电话那一头，果然是韩纯忆。

"姜先生，查到是谁做的没有？"

叶永绿知道是纪文惠闯的祸，立刻示意姜言中把话筒交给他。

叶永绿接过话筒，说："韩小姐，这件事我可以解释。"

"你是谁？"

"我是纪文惠的男朋友。"

"那关你什么事？"韩纯忆不客气地问。

"韩小姐，我是你的读者。在六年前的书展上，我找过你签名，我的名字叫叶永绿，不知道你还记不记得——"

时隔六年，韩纯忆并没有忘记这个名字。六年前，她出版第一本书，那时根本没有什么人认识她。在出版社的摊位上，她被冷落一旁。一个男人拿着书来请她签名。他不但是当天第一个找她签名的人，更是她有生以来第一个找她签名的读者。他的名字叫叶永绿，她怎会忘记？

看在这个情分之上，她答应跟他见面。

"她肯见你？"姜言中也有点意外。

"嗯，真是对不起，要你安插文惠在这里工作，还给你添许多麻烦。"

"别说这种傻话。你对女朋友这么好，真是令我惭愧。你明天真的有办法安抚她吗？"

"我会尽力的。"

"可以走了。"纪文惠从洗手间回来说。

"要不要跟我们一起去吃饭？"叶永绿问姜言中。

"改天吧，我今天还有很多工作要做。"

叶永绿和纪文惠走了。姜言中放下手上那杯搁凉了的咖啡。世上就是有两种女人，一种聪明而孤绝，太了解爱情的真相，所以不快乐，像韩纯忆；一种天真而简单，幸福地被一个男人爱着，像纪文惠。

这一天，韩纯忆比约定时间早了一点来到咖啡室。她不记得叶永绿长什么样子，只记得他的名字——永远青绿的叶子。她答应来听他的解释，是为了报答他六年前的青睐。

叶永绿来了，他穿着咖啡色的衬衫和蓝色的西裤，打扮得很朴素。他的脸上，挂着阳光一般的笑容。她开始对他有点印象了。

"韩小姐，对不起，我这么冒昧——"叶永绿坐下来说。

"只有你一个人来吗？"韩纯忆冷冷地问。

"是的。"

"纪文惠自己为什么不来？反而要你来替她解释？"

"她还不知道自己闯了祸。"

"你为什么不让她知道？"韩纯忆有点光火了。

"我不想她知道了不开心。"

"你怕她不开心？那我呢？那是我的书。"

"韩小姐，请你原谅我。我愿意做任何事情去补救，只要你别责怪文惠。"

"为什么你要这样做？"

"我答应过会令她幸福——"叶永绿微笑着说。

"那跟这件事有什么关系？"

"令一个女人幸福，就是筛掉所有会令她不开心的事。"

"那就是不让她知道真相——"

"真相有时候是很令人难过的。这六年来，我都努力做这件事。所有她听到的，都是好消息。"

"如果有一天，她发现真实世界并不是她一向听到的那么完美，她会很痛苦的。"

"只要我还在一天，她就不会听到不好的消息。"

韩纯忆很讶异，问叶永绿：

"就是为了一句承诺？"

"嗯。"叶永绿坚定地点头。

韩纯忆从来没见过这样一个男人。她有点羡慕纪文惠。如果有一个男人这样保护她，她也会感动，可是，她没有纪文惠那么幸福。无知的女人，毕竟是比较幸福的。

"韩小姐，我知道这个问题很笨，但我可以做些什么赔罪呢？"叶永绿问。

"不用了。"韩纯忆说。

"不用？"叶永绿微微怔了一下。

"就当是我被你感动了吧。"

"那真是谢谢你。"

"你像是天使——"

"天使？"

"只报佳音。"韩纯忆微笑着说。

叶永绿傻傻地笑了一下。

第二天，姜言中约了叶永绿在 Starbucks 见面。

"你是怎样说服韩纯忆的？她竟然不再追究。"姜言中一边喝 Espresso（浓咖啡）一边问。

"我也没说什么，其实她人很好。"

"我知道。"

"但你好像很怕她——"

"哪儿有这回事？我是嫌她麻烦。"

"她人很讲理啊！这件事你不要告诉文惠。"

"我会的。"

叶永绿好像看到了一个熟悉的人，转头跟姜言中说："那边正在喝 Frappuccino 的女孩子，不是你以前女朋友的好朋友范玫因吗？"

姜言中望过去，看到范玫因正在跟一个男人喝咖啡。

"是的，是她。"姜言中说，然后，他站起来，"我们走吧！"

"你不要过去打招呼吗？"

"不用了。"

离开 Starbucks，外面下着微雨，叶永绿上班去了，姜言中在附近找了一家小餐厅坐下来吃午饭。他有点后悔刚才走得太匆忙了，打个招呼又有什么关系？他也想知道他爱过的那个人现在怎样了；然而，他就是没法面对从前的自己。

与这家小餐厅相隔一条街的另外一家意大利餐厅里，韩纯忆和纪文惠正在吃午饭。

"韩小姐，谢谢你请我吃午饭。"纪文惠说。她还是头一次跟韩纯忆吃饭。

"你有男朋友吗？"韩纯忆想听听她口中的叶永绿。

纪文惠幸福地点头，说："我们一起六年了。他对我很好。"

"真的？"

"我们第一次上床的时候，他说，他会令我幸福，他一直都是这样做的。男人在床上说的，不一定是谎言。我觉得自己很幸福。我不知道怎样说，总之，我觉得心里有一种满满的感觉。每天早上张开眼睛，都觉得这个世界很美好。"纪文惠天真地说。

韩纯忆笑了一下，她面前这个女人，并不知道，世界之所以这么美好，是因为她有一个不让她听到坏消息的男朋友。

"既然他对你那么好，你们为什么还不结婚？"

"我想他更疼我。结了婚之后，我怕他会没有现在这么疼我，我是不是很贪婪？有时我也觉得自己很自私。"

"也不是。"不知道是不是受了叶永绿的感染，连她也想保护这个幸福的小女人。

"韩小姐，你有男朋友吗？"

韩纯忆微笑了一下。

"对不起，这是你的私事——"

"没关系。我现在是一个人——"

"你好像对爱情很没有信心。"

"不，我现在仍然相信爱情。"

"是不是你遇上了喜欢的人？"

"他不是我的，但是，他让我相信爱情——他向我报了佳音。"

纪文惠离开之后，韩纯忆在那里坐了一会儿。雨停了，她走出餐厅。六年前，叶永绿是第一个找她签名的人。当她失望而孤单地坐在出版社的摊位前时，叶永绿拿着书来，请她签名，说很喜欢看她的书。他是来向她报佳音的天使。六年后，他再一次向她报佳音，让她重新相信爱情。他和纪文惠，也是一起六年。世事为什么总有微妙的巧合？

"韩纯忆。"一个男人叫她。原来是姜言中。

"你为什么会在这里？"

"应该是我问你才对，我的办公室就在附近。"

"噢，是的。我刚才跟纪文惠吃饭。"

姜言中吓了一跳，问："你没对她做些什么吧？"

"我不是你想的那么凶吧？"

"当然不是，叶永绿也说你人很好。"

"你们很熟的吗？"

"是旧同学。"

"我没见过像他这样的男人。为了令女朋友幸福，努力地不让她知道这个世界有多么不完美。"

"你觉得真、善、美这三样东西应该怎样排列？"

韩纯忆想也不想，便说："当然是真、善、美。"

"我觉得是美、善、真。"

"为什么？"

"真实的东西，有时是很残忍的。"

"你甘心活在一个充满谎言的世界里吗？"韩纯忆反问姜言中。

"我们本来就是活在一个充满谎言的世界里。"

"好了，我不要再听你的道理。我的新书销量怎样？"

"你要听好消息还是坏消息？"

韩纯忆想了一下，说："好消息。"

"销量非常好，已经登上了畅销书榜第一名。"

"谢谢你。"韩纯忆叫停了一辆出租车，回头问姜言中，"那坏消息呢？"

姜言中摇头笑了一下。

"你笑什么？"

"你就是改不了这个缺点，你太喜欢寻找真相了，这样会不快乐的。"

"到底是什么坏消息？"

"销量太好，书卖断货了，来不及补货，要等一个星期之后才有新书交给书店。"

"以后只告诉我好消息就行了。"

"我会尽力的。"姜言中隔着车窗跟她说。

韩纯忆在出租车上微笑，从此以后，她也要听好消息。

回到办公室之后，纪文惠打了一通电话给叶永绿，告诉他她刚才和韩纯忆吃了午饭。

"你们聊些什么？"

"就是聊聊男朋友的事。跟她吃饭很开心。"

"那就好了。"

"阿绿——"

"什么事？"

"谢谢你，我觉得很快乐。"

纪文惠放下话筒，打开面前的小圆罐子，拿出一颗酸梅放进嘴里。这些酸梅是叶永绿买给她在办公室吃的。他知道她喜欢吃酸梅，总是知道她什么时候差不多吃完，又给她买一罐新的。

这天黄昏的时候，韩纯忆觉得肚子有点饿，换了衣服出去买点吃的。经过公园时，她看到叶永绿一个人坐在公园的长椅上捧着一大盒曲奇饼吃。

"你为什么会坐在这里吃东西？"

"是曲奇饼来的，你要试一块吗？"

韩纯忆吃了一块，说："太甜了，好难吃。"

"韩小姐，你真是坦白。这些曲奇饼是文惠亲手做的，她要我带回去请同事吃，可是，大家都不感兴趣。我不想她失望，所以要把盒里的曲奇饼吃光了才敢回家。"

"你真是——"韩纯忆在叶永绿身边坐了下来，说，"其实你是在向她说谎。好吧，我来替你吃一些。"

"谢谢你。"

"上一次，你不是说过你愿意做任何事情向我赔罪的吗？"

"嗯。"叶永绿点头。

"我想写你们的故事。"

"我们的故事有写的价值吗？"

"像你这种男人太稀有了。你不介意吧？"韩纯忆一边吃曲奇饼一边说。

"当然不介意。我们的结局会是怎样？"叶永绿好奇地问。

"我还在想。放心，我会给你们一个幸福的结局。"

叶永绿几经努力，终于把盒里的曲奇饼吃光。他捧着肚子站起来说："糟糕，我明天可能跑不动了。"

"你明天要赛跑吗？"

"嗯，是校友会的慈善马拉松赛跑，我和姜言中都要参加。"

"那么，预祝你们胜利。"

"谢谢你——"

"纪文惠会去打气吗？"

"会的。"

"那么你一定要赢，否则她会不幸福。"韩纯忆取笑他。

"我会加油的！我会第一个冲过终点。"

比赛那天，叶永绿冲过终点时，忽然倒下了。

在急症室的长廊外，医生告诉姜言中，叶永绿的死因是心血管闭塞，平常可能没有病征。

姜言中不知道怎样告诉长廊另一端的纪文惠。她是从来没听过坏消息的。纪文惠远远望过来，姜言中低下头饮泣。

纪文惠贴在走廊尽头的玻璃门旁边，外面已经天黑了，她很害怕明天会来临。天亮了，她的梦就要醒了，她的幸福也完了。她的幸福，都是阿绿给她的。

后来有一天，她做了一盒曲奇饼拿去给韩纯忆。

"阿绿以前是不是找过你？"她问。

韩纯忆怔住了："你是怎么知道的？"

"我知道很多事情。我知道出版社的工作是他给我安排的。我知道我做的曲奇饼太甜，很难吃。我擅自在你的小说里加上自己的句子，令你很生气，阿绿一定是找过你道歉，不然的话，那天你也不会请我吃午饭——"

"你什么都知道？"韩纯忆很诧异。

"我并不是阿绿所想的那么天真——"

"那为什么——"

"我装得那么天真，只是感激他为我所做的一切。"纪文惠抹去眼角的泪水，说，"多少年来，他为我筛掉所有不开心的事。从今以后，再没有这样的人了。"

"我以前也有一个男朋友。"韩纯忆说。

"他也是替你筛掉所有坏消息？"

"不。他喜欢把什么都藏在心底。"

"那你们为什么会分手？"

"我们吵架吵得很厉害。也许是我的问题吧。"

"你有什么问题？"

"爱情小说写得太多了，根本不知道自己活在现实中还是梦想之中，我要的爱情，或许根本不存在。"

"如果阿绿能够活着回来，我愿意和他分开。即使他不再爱我，也没关系。只要他活着。"纪文惠说。

"不是我们可以选择的。"韩纯忆说。

韩纯忆啃了一块曲奇饼，说："这一次的味道刚刚好，不会太甜。"

"谢谢你，韩小姐。可惜你太老实了，你说的谎言，没阿绿说得那么动听。"

"是的，他才是天使。"

"可是，天黑了，我的说谎天使要睡了。"纪文惠遥望着窗外的星星说。

Channel A

第 六 章

两个人分手之后，
天涯各处，不相往还，
我们总是以为，对方还是活着的。
原来，那个人也许已经不在了。

"你觉得思念是甜的还是苦的？"

"应该是甜的吧？因为有一个人可以让你思念。"

"我认为是苦的。因为我思念的那个人永远也不会回来了。他是我男朋友，他死了。"

"他不会想看到你现在这样的，他会想让你活得快乐。"

"是的，我的快乐常常是他最大的幸福。"

"你最怀念他的什么？"夏心桔问。

"他会为我筛掉所有坏消息，只把好的消息告诉我。他是我的天使，是来向我报佳音的。"纪文惠说着说着流下了眼泪。她知道流泪是不应该的，阿绿不会想看到她这个样子。她用手指头抹去眼泪，又笑了起来。

"这支歌是送给你和你的天使的。"夏心桔说。

一支《平安夜》的钢琴曲温柔地从收音机里飘送出来。

纪文惠多久没听过这支歌了？她念的是教会学校，从前每一次唱《平安夜》，她都怀着圣洁和崇拜的心去唱。只有这一夜，她是怀着一颗哀伤的心去唱。

多少慈祥，也多少天真，

静享天赐安眠，静享天赐安眠……

她从来没有细读歌里的每一个字，今夜，她一字一句地听进心坎里，这是《平安夜》吗？这支本来是颂赞圣婴降临，为世人赎罪的歌，今夜却变成一支安魂曲。

是的，天使总是要回到天上，阿绿给她的快乐，也是有期限的。期限到了，他就要离开。多么不舍，她也要接受这个安排，从此以后，过着没有他在身边的日子。

阿绿走了之后，她没有去碰过他的东西。她不敢去摸他的衣服，不敢拿起他的书，她不想接受他离去的事实。可是，今夜，她心里忽而有无限平安，她不再害怕了。除了她，还有谁更爱惜他留在世上的一切呢？

　　她把阿绿的衣服折叠起来放在箱子里。阿绿的衣服不多，都很朴素。她常常认为他应该穿得稍微讲究一点，如今他不在了，他的朴素，反而成为他的优点，让她怀念。

　　阿绿的书很多，她不是每一本都看过。今夜，她坐在地上，用手把书上的尘埃抹去。她无意中拿起一本书，是米兰·昆德拉的《生活在别处》。书里面好像夹着一些东西，她把书打开，里面藏着一张照片，是阿绿和一个女孩子的合照。照片上没有日期，阿绿看起来很年轻。那时候，她和阿绿应该还没有认识。那个女孩子笑得很甜，她身上穿着红色的护士学生制服。阿绿的手拖着她的手。这个女孩是谁呢？阿绿从来没有提起过这段往事。为什么他从来不说呢？这张照片又为什么放在书里，是巧合还是有某种意义？

第二天早上，纪文惠拿着照片去出版社，问姜言中：

"你认识照片中的女孩子吗？"

姜言中拿着照片看了看，说："我不认识她。"

纪文惠失望地说："你们是同学，我还以为你知道。"

"大学时我去了美国念书。这个女孩子也许是他在那个时候认识的也说不定。"

"那时候你们有没有通信？"

"有的，阿绿常常写信给我，反而我很懒惰，很少回信。"姜言中不好意思地说。

"那么，阿绿有没有在信里提起这个女孩子？"

姜言中想了许久，抱歉地说："这么久以前的事，我真的不记得了。"

"那些信呢？你可不可以让我看看？"

"离开美国之前，我扔掉了。"

"什么？你把阿绿写给你的信扔掉？"

姜言中尴尬地解释："我这个人不喜欢收藏东西，我连以前女朋友写给我的情信也扔掉了。这样的人生比较简洁嘛！"

纪文惠失望地把照片放回皮包里，突然又想起什么似的，说："她当时穿着护士学生的制服，现在应该已经是护士了。我可以拿着照片每家医院去找。"

"香港的医院这么多，护士又有这么多，这不是太渺茫了吗？你为什么要找她？"

"在阿绿的书里发现这张照片的那一刻，我有点生气。为什么他从来没有跟我提过这件事呢？我一直以为自己是他最爱的人，但是，他最爱的人会不会是照片中的女孩子呢？照片中的阿绿，看起来很幸福。可是，拿着这张照片多看几次之后，我又不生气了。我很想认识这个女孩子，我和她之间好像有某种联系。她知道阿绿已经不在了吗？我想，我应该把这个消息送去给她。"

"女人真的会做这种事吗？我是说，去找死去的男朋友的旧情人。"

"这种做法听起来有点奇怪，但是我很想知道阿绿的一些过去。跟一个曾经和他在一起的女孩子见面，对我来说，也许是一份慰藉。"

姜言中笑了笑："假如有天我死了，我的女朋友也会去找我的旧情人吗？"

"这个很难说啊！"

"她们可能会坐在一起互诉我的缺点，然后愈说愈投契，后来更成为好朋友呢！"

"这样不是很温馨吗？"

姜言中向往地笑了。那个场面不是很有趣吗？他死了之后，他的旧情人们坐在一起怀念他。他忽然想起一件事情，有一次，他上网时无意中发现一个"寻人网站"。

"你或许可以去'寻人网站'试试看。"他说。

"什么是'寻人网站'？"

"那是个专门帮人寻找失去联络的朋友和亲人的网站。你可以把想要寻找的人的资料、照片，甚至书信放上去。浏览这个网页的网友，说不定正是当事人或当事人的朋友。你去碰碰运气吧。"

"真的会找到她吗？"

"我不知道，但是，说不定她的朋友会看到。"

"我会试试看的。"

"寻人网站"的网址是 www.missedperson.com，在网上寻人的人真多啊！这里有一个已经移民德国的女孩子寻找小学四年级的男同学，有一个香港女孩子寻找她在街头偶遇的画家。

纪文惠把阿绿和那个女孩子的照片，跟那本《生活在别处》一起放在网上。她用阿绿的名义刊登这段寻人启事，也留下了阿绿的电子邮箱，这样，那个女孩子说不定会愿意回复。

每一天，纪文惠都会打开邮箱好几次，看看有没有消息，可是，一直也没有回音。

已经是深秋了，她穿着阿绿留下的一件毛衣，每天晚上，坐在他那台电脑前面，等待佳音。

深秋时分，医院的病人特别多，尤其是外科病房，挤满了各种病症的人。其中一位老伯伯，名叫翟长冬，梁舒盈有空闲的时候，最喜欢跟他聊天。翟长冬是个魔术师。他的肺癌复发，大概过不了今年冬天。他是个乐观的人，并没有自怨自艾，反而常常表演一些小魔术逗病房里的人笑。

一天午夜，翟长冬睡不着，梁舒盈走到他的床边。

"你为什么还不睡觉？"

"梁姑娘，你有想念的人吗？"

"为什么这样问？你是不是有一个？"

翟长冬微笑："真的希望有机会再见到她。"

"她是你的旧情人吗？"

"那是一九六八年的事。我在'荔园'表演魔术，其中一个项目是飞刀，那就是把一个女人绑在一块直立的木板上，然后，魔术师蒙上眼睛掷飞刀，每一把刀都不偏不倚地掷在她身边——"

"我知道，我也在电视上看过！"梁舒盈兴奋地说。

"那天晚上的观众很多，我问台下有没有人自愿上台，一个女孩子立刻跑上台，她长得很漂亮。"翟长冬回忆着说，"换了任何人都会害怕，她却一点也不害怕。我的飞刀当然也没有掷中她。当我替她松开手上的绳子时，她狠狠地盯着我，说：'我恨你！你为什么不掷中我？'"

"那后来呢？"

"我没有再见过她。也许她当时很想寻死，却没有勇气自己动手，所以想找个人代替她下手吧。在我几十年的魔术师生涯里，这是我最难忘的一件事。我真的很希望再见她。"

"她现在已经变成一个老婆婆了。"

"但我会把她认出来。"

"你为什么想见她？"

翟长冬笑了起来，眼里泛着柔光："也许我爱上了她吧。"

"我可以替你找她，但有一个条件。"

"什么条件？"

"你要教我魔术。"梁舒盈笑笑说。

"这个太容易了。你有什么方法找她？"

"前几天我听到几个同事说有一个叫'寻人网站'的东西，可以在那里寻人。一个一九八〇年在香港念小学四年级，后来移民到德国的女孩子，在网上寻找她当年的一个男同学，结果找到了。看来这个网站也是有效的。"

"什么是'网站'？"

"是二十世纪九十年代的魔术，你做梦也想不到的。"

翟长冬并没有那个女人任何的资料。梁舒盈只好把一九六八年在"荔园"发生的那一幕写在寻人栏里。当事人一定会记得这件事，如果那位老婆婆还会上网的话。

这个"寻人网站"真是千奇百怪。有人寻找在街上偶遇的人，有人寻找不辞而别的男朋友。翻到下一页，梁舒盈看到自己的照片，是她和阿绿一起照的。阿绿在寻找她，那本《生活在别处》也一并放在网上。她立刻把电脑合上，连插头也拔掉。她坐在床上，用被子包裹着自己。她第一次体会到"近乡情怯"这四个字的意思。一个日夜盼望回去故乡的人，终于接近故乡时，却胆怯起来。长久的期待一旦实现了，好像不太真实，太不可信，也太难接受了。她怕。

第二天，在病房里，翟长冬问她："找到了没有？"

"不会这么快的，你要耐心等一下。"

几天之后，翟长冬去世了。他等不到冬天，也等不到那个他想念了三十二年的人。他带着永远的遗憾离去。

拒绝被寻找的人是否太残忍了一些？梁舒盈重新打开电脑，来到"寻人网站"的寻人栏。那张照片是在医院草地上照的，当时她还只是个护士学生。阿绿正在念大学。

多少年来，她一直在等他。现在，她一双手紧张得有点颤抖。

"阿绿，是你找我吗？"梁舒盈写了一封电子邮件给叶永绿。

当天晚上，她收到阿绿的回音，他问："我们可以见面吗？"

他们约好在一家意大利小餐馆见面。这天她休假。她怀着兴奋的心情赴约。那么多年没见了，阿绿现在好吗？他变成怎样了？他结婚了吗？不会的。她真想快点见到他。

来到餐厅里，她见不到阿绿。坐在那里等她的，是一个瘦小的女人。

"你是谁？"

"我是阿绿的女朋友。"

"你找我有什么事？"

"我想告诉你，阿绿死了。"

梁舒盈本来满怀希望来这里跟阿绿重聚，现在，竟然有一个自称阿绿女朋友的陌生人告诉她，阿绿已经死了。那个根本不是什么"寻人网站"，而是一个专门作弄人的网站！

"我是在收拾阿绿的遗物时，在那本书里无意中看到你们的照片的。"纪文惠说，"请你原谅我用阿绿的名义找你。我觉得我应该把他的死讯告诉你。"

这个女人看来不像是作弄她。那么，阿绿的死是真的吗？他这么年轻，不可能的。

"阿绿是怎么死的？"

"他参加赛跑时突然昏倒了，是心脏病。"

"你为什么要告诉我？"她流下了眼泪。

"因为你们曾经在一起呀！"纪文惠天真地说，"照片上的你们很幸福。"

"是的，我们是初恋情人。"

"哦，原来是这样，可不可以告诉我，阿绿以前是一个怎样的人？"

"他很好，真的。"

"我知道。"纪文惠微笑说。

"我在护士学校的时候，他在念大学，大家可以见面的时间不是很多。为了帮补家计，他每天下课之后还要去替学生补习，又要去教夜校中学。我埋怨他没时间陪我，我们为了这个原因常常吵嘴，后来也就分开了。"

"跟那本《生活在别处》有什么关系？"

"我们第一次约会，就是去逛书店，那本书是当天买的。我们都很喜欢那个故事，后来，阿绿又买了一本给我，所以，我们每人都有一本。"

"原来是这样。"

见面之前，纪文惠本来很想知道阿绿有多爱这个女人。然而，这一刻，她根本不想知道他爱她们哪一个多一点，她甚至不介意阿绿爱另一个女人多一点。这又有什么关系呢？阿绿已经不在了。

"谢谢你给阿绿一段快乐的日子。"纪文惠由衷地说。

"你也是。"梁舒盈含泪说。

"你最记得阿绿的什么？"

梁舒盈笑了起来："他穿衣服太老实了，比实际年龄老了十年！"

"对呀！他就是这样，我从来没见过他穿牛仔裤。"

"他会穿咖啡色衬衫配蓝色裤子，难看死了！"

"是的，他穿衣服真没品位。但是，这是他的优点。"

"是的。"

忽然间，一种幸福而悲哀的感觉几乎同时从这两个女人的心底涌出。她们对望着，虽然素昧平生，因为爱过同一个男人，却变得很亲近。她们微笑相对，互相慰藉。

一支童音唱颂的《平安夜》飘来，萦绕心头。

"这是《平安夜》吗？"梁舒盈问。

"是的，圣诞节快到了。"纪文惠说。

多少慈祥，也多少天真，

静享天赐安眠，静享天赐安眠……

这不是《平安夜》，对她来说，这是一支最哀痛的情歌。

梁舒盈伸手摸了摸纪文惠的脸，从她的鬈发里变出一朵暗红色的圣诞花来。

"送给你的。圣诞快乐。"

"你会变魔术的吗？"

"是一个病人教我的。本来我是想变给阿绿的。"

"谢谢你。圣诞快乐。"

夜里，梁舒盈把她一直放在抽屉里的那本《生活在别处》

拿出来，里面夹着她和阿绿的一张合照，跟阿绿收起的那张，是同样的。照片上的阿绿，真的很幸福。那时候，她太任性了。两个人最初走在一起的时候，对方为自己做一件很小的事情，我们也会很感动，后来，他要做更多的事情，我们才会感动。再后来，他要付出更多更多，我们才肯感动。人是多么贪婪的动物！

多少年过去了，她才知道自己最爱的是阿绿。她以为如果阿绿也思念她，他会找她的。也许，某年某天他们会在路上重逢。

纪文惠告诉她，阿绿出事之后，被送进东区医院，那不正是她工作的地方吗？她回去翻查急症室档案，果然有阿绿的入院记录。那一天，她不也是在医院里值班的吗？原来，他们已经重逢过了。

她爸爸因为太思念死去的妻子，穿了妻子生前穿过的裙子，用了她用过的皮包，回到他从前每天陪她上班的那段路上徘徊，结果被巡警逮住了，以为他有异装癖。思念，是多么地凄苦！爸爸可以穿着妈妈的衣服来怀念她，纪文惠也留着阿绿的衣服，她却只有一本《生活在别处》。阿绿的确已经在另一个地方生活了。书中的诗人，在结局里死去。书的故事与名字，难道是一个预言吗？她颤抖着双手翻开书的第一页。这些年来，她不知道重看过多少遍了。可是，这一次，眼泪模糊了她的视线。

两个人分手之后，天涯各处，不相往还，我们总是以为，对方还是活着的。原来，那个人也许已经不在了。

相约在意大利餐厅见面的那天，她以为她和阿绿唱的是一支重聚的歌；谁知道，阿绿没有来，也永远不能来了。她能为他唱的，也只是一支安魂曲。

Channel A

第 七 章

他是个必须回家的男人。
他永远不可以和她一起待到明天。
她的明天，只有她自己。

从温哥华飞往香港的班机，已经在停机坪上等候，乘客们陆续登机。莫君怡用育儿带把两个月大的儿子系紧在胸前。她左手拿着机票，右肩搭着一个大棉布袋。沉甸甸的棉布袋里放着婴儿尿布、奶粉、奶瓶、毛毯和孩子的衣服。她几乎是最后一个进入登机走廊的。

空中小姐看到这位年轻的妈妈，连忙走上前，问她：

"太太，需要我帮忙吗？"

"不用了。"她客气地说。

"你带着孩子，是可以早一点登机的，不用跟其他乘客一起排队。"空中小姐说。

"是吗？"

莫君怡从来就没有使用过这种妈妈优先的服务。她以后会记住。这种方便，是单身的时候没有的。

这班机差不多全满。狭窄的甬道上，挤了几个还在努力把随身行李塞进头顶的箱子的乘客。孩子在她怀里不停扭动身体，莫君怡狼狈地在机舱里寻找自己的座位。

她的座位就在甬道旁边，是她特别要求的。她的左边坐了三个人，是一对老夫妇和一个男人。男人的膝盖上放着一本韩纯忆的小说。

莫君怡先把大棉布袋放在座位上，然后松开育儿带，那样她便可以抱着孩子坐下来。孩子的小手使劲地扯着她的衣领，她一边的胸罩带都露了出来。她拉开他的小手，他忽然哇啦哇啦地哭起来，似乎老是要跟她过不去。她发现远处好像有一个熟悉的人。她抬起头，就在抬起头的一刹那，那个人已经投影在她的瞳孔上。

她连忙坐了下来。怀里的孩子仍然不停地哭，他用手不断抓她的脖子，在她脖子上抓出了几道红色的指痕。她的眼泪簌簌地涌出来。

为什么会是他？为什么会是在这里？

杜苍林就坐在后面。刚才看到他的时候，她看到他身边坐着一个女人。那个人，大概就是他太太吧？她跟莫君怡在脑海里想象的全然不同，莫君怡一直想象她是一个自私而相貌平凡的女人。可是，坐在他身旁的她，虽然平凡，看来却很贤淑。她的肚子微微地隆起，幸福地依偎着丈夫。她有了身孕。

"太太，你没事吧？"坐在莫君怡旁边的男人问她。

"我没事。"她一边哭一边说。

看到孩子在她怀里不断挣扎，他问她："要不要我替你拿着你的宝宝？"

他很快发觉自己用错了字眼，婴儿不是物品，不能拿着。

"我是说，要不要我暂时替你抱着你的宝宝？"他诚恳地说。

"不用了，谢谢你。"

"我姓姜，有什么事，尽管开口。"

"姜先生，我现在的样子是不是很糟糕？"莫君怡微微抬起头问他。

姜言中不知道怎样回答她的问题，他想，她大概是一个产后有点抑郁的女人。

"也不是。"他安慰她。

"我知道是的。"

她没有化妆的脸上，还有些残余未褪的红斑，那是几天前开始的皮肤敏感。一个多月来带着孩子的生活，把她整个人弄得苍白憔悴。孩子昨夜不肯睡，把她折腾了一晚。今天早上赶着到机场，她没有打理过头发，由得它蓬蓬松松。生产之后，她的乳房变松了，又长满奶疮。她今天穿着一件六年前的旧棉上衣和一条廉价的棉质裤。

她糟糕得不会有任何男人想多看她一眼。

为什么偏偏要在这个时候遇到杜苍林？

重逢的一刻，竟是如此不堪。

她完全不敢转过头去再望他一眼。离开他的时候，她以为他会永远怀念她。

三年前的那个晚上，她和杜苍林在家里的那张床上做爱。他戴着两个安全套。除了在她的安全期和月经期之外，他每次都是戴着两个安全套。她知道，他是害怕她怀孕。他怕她会用怀孕来逼他离婚。

"可不可以不用？"她搂住他的脖子，问他。

"不用的话，会有小孩子的。"

"我想替你生孩子。"她微笑着说。

"生了孩子，身材就没有现在这么好了。"他笑了笑。

"我不怕。你猜我们的孩子会长得像你还是像我？"

"你真的想要孩子吗？"

"嗯。"她坚定地点头。

"你会后悔的。"

"那就是说，即使我有了孩子，你也不会跟我结婚，对吗？"她哭着说。

"你又来了！"杜苍林停下来，为她擦泪。

"你和你太太做这件事的时候，也是用两个吗？"

"不要提起她好吗？"

"我要知道。"她执着地望着他。

"我已经很久没有碰过她了。"

杜苍林用力地搂抱着她，说：

"我永远不会放弃你。"

莫君怡的眼泪再次汹涌而出。她知道她不应该相信他。假如他那么爱她，为什么他不肯为她离婚？就是为了所谓的道义吗？他老是说很久没有碰过太太了，可是，他们天天睡在一起，他怎么可能碰也不碰她？他不碰她，她难道不会怀疑？

可是，看起来这么难以置信的事情，她却深深地相信。如果她不是这样相信，她怎么能够忍受杜苍林每天晚上跟另一个女人睡在一起这件事？

她相信杜苍林永远不会放弃她。无论是真或假，有些事情，她想永远相信下去。

那天下班的时候，她本来想去买点东西，天忽然下起雨来，她随便走进一家书店避雨。在书店里，她无意中看到了一本韩纯忆的书。书名很古怪，所以她买下来了。

雨停了，她坐地铁回家。

在车厢里，她开始看那本小说。故事的女主角，爱上了一个已婚的男人。

她一边看，眼泪一边流下来，地铁来回了好多遍，她没有下车，她舍不得不看下去。

为什么韩纯忆竟然说中了她的心事？她不单说中她的心事，也说中了她的痛苦和快乐。

她这一辈子，从来没有像跟杜苍林一起时流的眼泪那么多，却也从来没有像跟他一起时那么快乐。

至苦和至乐，都是他给的。

小说里的女主角跟她的男人说：

"我想，我应该嫁一个我不怎么爱的人，然后，再跟你偷情。这样比较公平。"

莫君怡也曾经这样想过，可是，她做不到。她跟杜苍林说：

"假如有一个男人跟你完全一样，而他是没有太太的，我会立刻爱上他。"

然而，怎么可能有一个人跟他一模一样呢？

在她公司里，一个男同事跟她很谈得来。她知道他对她有意思，她一直躲避他。

那天，她跟杜苍林吵架了。他们几乎每个星期都会吵架，都为同一个问题吵架。她要他留下来过夜，他没有答应。

第二天，她瞒着杜苍林去跟那个男同事吃法国菜。

她打扮得很漂亮地去赴约。她很想爱上别人，那么，她便可以忘记他，也可以把自己从无边的痛苦中释放出来。

可是，那顿饭糟糕得不得了。

她一边吃一边感到内疚。她内疚自己竟然背着杜苍林和另一个男人约会。她为什么会觉得内疚？他已经有太太。她有权爱另一个。然而，她就是内疚。

当那个男人起来上洗手间的时候，她望着他的背影。跟杜苍林比较，他的背影是那么苍白而没有内容。除了杜苍林，她再也不可能爱上任何人了。

她要做一个专一的第三者。这样可笑吗？她专一地爱着一个不专一的男人。她知道，杜苍林爱她远多于他太太，远多于他最爱他太太的时候——如果他爱过他太太的话。她必须这样相信，才可以继续下去。

那个男人开车送她回家时，她拧开车上的收音机，刚好听到夏心桔主持的 Channel A。

一个二十三岁的女孩子打电话到节目里说，她男朋友已经五个月没碰过她了。他是不是不再爱她？她在电话那一头哭起来，一边抽泣一边说："我觉得自己像个小怨妇。"

"当男人不爱一个女人，是不是就不会再碰她？"莫君怡问他。

"也不是的。"

"男人可以跟自己已经不爱的女人上床吗？"她悲伤地问。

"你要我怎么回答你？"

"说真话。"

"有些男人可以。"

"为什么？"

"虽然他已经不爱那个女人，但是，那个女人爱他。她会爬到他身上去。"

那天晚上，她回到家里，一进门，就把身上的衣服脱光，爬进被窝里。她肯定，她的男人是例外的。杜苍林不会再碰一个他已经不爱的女人。虽然他这刻不是睡在她身边，但是，她光着身子，一只手搭在另一个枕头上面，想象他就在她身边。

午夜醒来的时候，她才知道，杜苍林并没有睡在她身边。

她好想打一通电话给他，好想听听他的声音，可是她知道，她没有这个权利——没有在午夜打电话给人家丈夫的权利。

第二天晚上，他们在床上做爱的时候，她抱着杜苍林，不停地饮泣。

"你为什么哭？"他紧张地问她。

"你知道我昨天晚上去了哪里吗？"她含着泪问他。

杜苍林摇摇头。

"大部分的事情，你都不可以陪我做。"她抹干眼泪，苦笑一下。

"是的。"他深深地叹气。

"我时常在想，你陪我走的路，可以有多长，又会有多远。"

她望着杜苍林，沉默了良久，杜苍林也沉默了。

"我知道终有一天，会只剩下我一个人继续走下去。"她说。

"为什么你总是在最快乐的时候说这种话？"他难过地问。

"因为我害怕会失去你。"她蜷缩在杜苍林身上呜咽。

"不会的。"他轻抚她的身体。

"难道你可以一辈子都和两个女人共同生活吗？"

他答不上。

"我常常告诉自己，你是我借回来的，期限到了，就要还给别人。"

"你想把我还给别人吗？"他微笑问她。

"我希望我能够那么狠心。"她凄然地笑。

"你不会的。"

"我会的。"

她在他身上睡着了。

为了不要弄醒她，他由得她压着自己。直到深夜，回家的钟声敲响了，他必须要走。他轻轻地把她移到旁边，起来去洗澡。

莫君怡买的肥皂，是和杜苍林在家里用的一样的。很久以前，她问他在家里用哪个品牌哪一种香味的肥皂，然后，她就买相同的。那么，当他从这里回家，他太太不会在他身上嗅到另一种肥皂的香味，不会因此而怀疑他。

谁都没有她想得那么周到。

有时候，她觉得自己太善良了。假如她想把杜苍林抢过来，她应该故意买另一种香味的肥皂，让他太太知道他有了别的女人，那么，她或许会跟他离婚。到时候，他便自由了。

杜苍林洗了澡，用毛巾抹干身体，然后穿上裤子准备回家去。

她望着杜苍林的背影，一阵鼻酸。在她的生活里，其中一件最难受的事便是每次跟他做爱之后，看着他穿上裤子回家去。

她假装睡着了。杜苍林穿好衣服，在她脸上深深地吻了一下，然后轻轻地关上门。他的背影总是那么惆怅。就在一瞬间，她认清了一个事实——他是个必须回家的男人。他永远不可以和她一起待到明天。

她的明天，只有她自己。这个事实是多么地残酷！

他们几乎每次见面都吵架。每次想到他是属于别人的，她就觉得难以忍受。

当杜苍林的生日快到了，她跟他说：

"生日那天，我陪你庆祝好吗？"

他沉默良久。

到他生日的那一天，她在家里等他。他早上打电话来，说：

"我明天来好吗？"

"你今天不来，那就以后也不要来。"她挂上话筒。

她也许并没有自己以为的那么善良，她买一块跟他在家里用的一样的肥皂，不是不想他太太发现他有第三者，而是害怕当他太太发现了，杜苍林便不能再来见她。在她和他的婚姻之间，她没有信心他会选择自己。

她现在偏偏要把自己逼到绝境，她要成为跟他厮守终生的唯一的女人。

那天晚上，杜苍林终究没有来，她输了。她悲伤得无法去上班，第二天下午，仍然待在床上。

听到杜苍林用钥匙开门的声音，她假装睡着。他走进来，坐在她旁边，为她盖上被子。

她转过身来，凝视着他。

他是那么陌生，从来不曾属于她。

她叹了一口气，说："你回去做你的好丈夫吧。"

"别这样。我说过永远不会放弃你。"他轻抚她的脸。

她别过脸去，说："不是你放弃我，而是我放弃你。我不想你痛苦，也不想自己痛苦。"

沉默了片刻，她又说："有一天，当你自由了，你再来找我吧。"

那天之后，她搬走了，换过电话号码，也换过了一份工作，不让他找到她。

两个月后，她发现自己怀孕了。一定是上次错误计算了安全期。

她终于怀了杜苍林的孩子，可惜，她和他分手了。她不打算告诉他，她不想破坏他现在的生活。

她一个人跑到温哥华，准备在这里悄悄地把孩子生下来。她在这里没有亲人和朋友。她幸福地期待着孩子降临，他是她和杜苍林相爱的最后的凭据。

然而，当肚子一天一天地隆起来，她的情绪波动也一天比一天厉害。夜深人静的时候，在那个狭小的公寓里，她常常独自饮泣。她需要一个丈夫，她的丈夫却是别人的丈夫。她是不是太任性了？

临盆的那天，她一个人背着一大袋产后的用品走进医院。她阵痛了整整二十个小时，孩子把她折磨得死去活来。她最需要丈夫的时候，陪着她的，只有医生和护士。

孩子在她怀里呱呱地哭。起飞半小时了，他仍然拼尽气力地哭。机舱里面的人全都望着她，露出厌烦的目光。

坐在后面的女人抱怨说：

"吵死人了！"

"乖乖，不要哭，不要哭！"坐在她身边的姜言中帮忙哄孩子。

"太太，你要不要帮忙？"空中小姐上来问她。

跟她坐在同一排的老妇说："孩子可能受不了气压转变，你试试喂他喝点水吧，他会安静下来的。"

她向空中小姐要了一杯暖白开水，用奶瓶喂他。孩子把奶瓶推开，水溅在她脸上。

坐在前面的一个中年女人转过头来教她：

"你起身抱他走走吧。"

她不是不知道可以站起来走走，但她根本没有勇气站起来，她不想让杜苍林看到她。

杜苍林的太太正幸福地怀着他的孩子。为什么这个女人可以名正言顺地为他生孩子，而她却不可以？

他不是说过已经很久没有碰过她了吗？她走了之后，他又和她上床了。

男人能够碰他已经不爱的女人。她只好这样相信。

孩子哭得头发全湿透，脸也涨红了，还是不肯罢休。他使劲地抓住她的头发不放手。他为什么老是要跟她过不去？他知道她为他受了多少苦吗？他就不能让她好过点？

"求求你，不要再哭。"她望着他，眼泪涌了出来。她恨自己，她根本不会带孩子。

今天是她一生中最糟糕的一天，比起那天一个人在医院里生孩子更糟糕。她曾经以为那已经是最糟糕的了。

"我不准你再哭！"她戳着他的鼻子说。

孩子哭得更厉害，几乎要把五脏六腑都哭出来。

她抱着孩子站起来。他的哭声变小了。机舱里每一双眼睛都望着她。她一步一步地走向杜苍林。

杜苍林望着她，不知所措。

她把孩子放在他大腿上，说：

"他是你的孩子，你来抱他！"

他太太吓得目瞪口呆，流露出惊愕的神情。

机舱里每一个人都静了下来。

杜苍林用手轻拍孩子的背，在他怀里，孩子果然不哭了。

她很久很久没见过杜苍林了。她还是死不悔改地爱着他。他在她记忆里永存，思念常驻。

这一刻，杜苍林抬起头来，心痛地望着她。那心痛的表情一瞬间又化为重逢的微笑。微笑中有苦涩，离别的那一天，他为她盖被子的那一幕，再一次浮现在她脑海。她忽然谅解，他不想她怀孕，不是基于自私的理由，而是他知道，她承受不起那份痛苦。

她虚弱地用手支着椅子的靠背，用微笑来回答他的微笑。她从来没有怀疑过他对她的爱。只是，她也知道，他可以陪她走的路，不会太长，也不会太远。他是个必须回家的男人。

他永远不可以和她一起待到明天。

永远一点也不远，它太近了，就在眼前。

你这一刻看到的，便是永恒。

她看到了一个永远爱她的男人，

那一幕，是永远不会消逝的。

晚上九点钟，中环 California 健身院的一列落地玻璃窗前，每个人都流着汗，忙碌地做着各种器械运动。他们是这个城市的风景，这个城市的风景也点缀了他们。

莫君怡在跑步机上跑了四十分钟，头发和衣服全都湿透了。刚来这里的时候，她不敢站在窗前，怕街上的人看她。后来，她习惯了。是她看街上的人，不是街上的人看她。过路或停下来观看的人，不过是流动的风景。

准备去洗澡的时候，她看见了姜言中，他在踏单车。十个月前，他们在飞机上相遇，他就坐在她旁边，帮了不少忙。

"姜先生，你也在这里做运动的吗？"

"哦，是的，我是第一天来，没想到人这么多。"

"因为寂寞的人很多呢！"

"你比上次见面的时候瘦了许多。"

"我天天都来这里，减肥是女人的终生事业嘛。你为什么来？你并不胖。"

"我有个好朋友，年纪很轻，却在马拉松赛跑时心脏病突发过身了。"

"所以你也开始注重健康？"

"也许我怕死吧！"姜言中说。

莫君怡想不到说些什么，终于说：

"我先走了。"

离开 California，她走到附近的 Starbucks，买了一杯 Cafe mocha（摩卡咖啡），坐下来看书。不知道过了多少时间，一个男人在她身边说：

"在看《星星还没出来的夜晚》吗？"

莫君怡抬起头来，看见了姜言中，他手上拿着一杯 Espresso。

莫君怡挪开了自己的背包，说："最近买的。"

"这本书是给小孩子看的。"姜言中说。

"对小孩子来说，未免太深奥了。"

"是的，小孩子才不会想，无限的尽头到底在哪里？更不会去想，人是否可以任意更换自己的皮囊。"

"如果可以的话，你想过换一副皮囊吗？"莫君怡问。

"当然希望，我想换一副俊俏一点的。"姜言中笑着说。

"我也想过换一副，那就可以忘记过去的自己。"莫君怡呷了一口咖啡，说，"有时候，我会想，会不会有另一个我存在呢？"

"你不喜欢现在的自己吗？"

"不。只是，如果还有另一个自己，那一个我，或许会拥有更多感情和肉体的自由。"

"我从没想过有另一个自己。"

"这是女人常常胡思乱想的问题。另一个我，也许很洒脱、很快乐，甚至会跟自己所爱的男人去抢劫银行。"

姜言中笑了："会吗？"

"也许会的，因为是另一个我嘛！"

莫君怡望着姜言中，忽而不明白自己为什么跟他说了这许多话。也许，他的笑容太温暖了，而她也太寂寞了。

莫君怡放下手上的咖啡杯，拿起背包，说："这里要关门了，你住在哪里？"

"铜锣湾的加路连山道。"

"真的吗？我也住在附近，我送你一程吧。"

"那谢谢你了。"

车子是她两个月前买的，是一辆迷你四驱车。从前，她做梦也没想过自己会喜欢这种车，那时候，她梦想的车，是舒适的轿车。

"我喜欢这种车。"姜言中说。

"虽然说是四驱车，却不能翻山越岭。这种车子，是设计给城市人开的。他们只是要一个翻山越岭的梦想。"莫君怡说。

她拧开了收音机，问姜言中："你喜欢看书吗？"

"我是做出版的，韩纯忆的书都是我们出版的。"

"真的吗？她的书陪我度过了许多日子。"

"我还不知道你的名字。"

"哦，对不起。我叫莫君怡，我也只知道你姓姜。"

"姜言中。"

收音机里播放着夏心桔的节目，一个女孩子在电话里说：

"你相信有永远的爱吗？"

夏心桔说："我相信的。"

"你拥有过吗？"女孩问。

"还没有。"

"那你为什么相信？"

"相信的话，比较幸福。"夏心桔说。

"你相信吗？"莫君怡问姜言中。

"嗯？"

"永远的爱——"

姜言中摇了摇头。

"为什么不？"

"不相信的话，比较幸福。"

车子到了，莫君怡微笑着说：

"在 California 再见。"

他们再见的地方，却不是 California，而是在街上。莫君怡在车里，姜言中在车外。她调低玻璃窗，惊讶地问："你为什么会在这里？"

"我有朋友住在附近，你呢？这么晚了，你一个人躲在车上干什么？"

"你上来好吗？"莫君怡推开车门，姜言中爬到驾驶座旁边。

"你在等人吗？"

莫君怡苦涩地笑了笑。"也可以这样说。这样吧，你陪我等人，我送你回家。"

"听起来很划算，好吧，反正我的好奇心很强。"

莫君怡忽然沉默了。姜言中看到一个男人从一幢商业大厦走出来，登上一辆出租车。

莫君怡发动引擎，跟踪那辆出租车。

"他不就是飞机上的那个人吗？"姜言中说。

"是的。他叫杜苍林。"

十个月前，姜言中到温哥华公干，回来香港时，跟莫君怡同一班飞机。当时的她，手上抱着一个刚满月的婴儿。那个婴儿哭得很厉害，他问她要不要帮忙，她却只是微微抬起头来，问他："我现在的样子是不是很糟糕？"

那个孩子哭个不停，莫君怡突然抱着孩子走到后面一对夫妇跟前，把孩子放在那个男人的大腿上，说，"他是你的孩子，你来抱他！"

飞机降落香港之后，莫君怡从男人手上抱回那个孩子。那天之后，姜言中没有再见过她，直到他们在 California 重逢。

杜苍林坐的出租车在北角一幢公寓前面停下来，莫君怡远远地留在后面，看着他走进公寓。

"他住在这里的。"莫君怡说。

"你们还在一起吗？"

"怎么可能呢？他是属于另一个女人的。我们已经分手了。"

"既然已经分手了——"

莫君怡反过来问他："难道我不可以看看他吗？"

"你天天都来？"

"只是想念他的时候才会来看看。"

"这是为了什么？"

莫君怡惨然地笑笑："我想知道有没有永远的爱。"

姜言中并不明白，这样跟踪一个旧情人，为什么就可以知道有没有永远的爱。然而，女人是从来不讲道理的。她们的道理，就是自己的感觉。像纪文惠，她竟然会去寻找阿绿以前的女朋友，这是多么难以理解！

"你有没有对一个女人说过你永远爱她？"莫君怡问。

"有的。"

"后来呢？"

"后来——"姜言中腼腆地笑笑，"也许忘记了。"

"你说的时候，是真心的吗？"

"是的。后来，环境改变了。"

"能够让环境改变的，便不是永远。"

莫君怡忽然指着车外说："他太太回来了。"

一个女人从出租车上走下来，匆匆走进公寓。那是姜言中在飞机上见过的那个女人，她就是王莉美。

过了一会儿，杜苍林和这个女人从公寓里走出来，他们手牵着手，很恩爱，好像是去吃东西的样子。

"我们走吧。"莫君怡的车子在杜苍林身旁经过，他看不见她。

"我的车子换了，所以他不会留意。"莫君怡说。

"哦。"

"一个人是不是可以同时爱很多人？"她问。

"是的。"

"明白了。"

莫君怡拧开了收音机，刚好听到夏心桔在 Channel A 节目里说："无限的尽头究竟在哪里？"

她望了望姜言中，无奈地笑了。

车子到了加路连山道，姜言中说："下次需要我陪你去跟踪别人的话，尽管打电话给我好了。"

"谢谢你了。"莫君怡说。

姜言中可以陪她去跟踪杜苍林；陪她去追寻过去的承诺的，却只有她自己。

后来的一天晚上，莫君怡一个人坐在车上，车子就停在杜苍林的公寓外面。她没有看见杜苍林，却看见他太太王莉美神神秘秘地从公寓里走出来，钻上一辆在街角等她的车子。开车的，是个男人。

车子驶到了浅水湾一条幽静的小路上，莫君怡悄悄地跟踪他们。车子停在树丛里，王莉美和男人并没有下车。莫君怡从车上走下来，走到他们那辆车子旁边，她看到王莉美和那个男人在车厢里亲热。

王莉美看到了她，吓得目瞪口呆，连忙把身上的男人推开。莫君怡看了看她，走开了。

"不要走！"王莉美从后面追上来。

"你是第二次把我吓到了，第一次，是在飞机上。"王莉美说。

"对不起，两次都不是有意的。"莫君怡说。

"你会告诉他吗？"

"我为什么要这样做？"

"只要告诉他，他便属于你。"

莫君怡凄然说："他从来不属于我，他是你的丈夫。"

王莉美难堪地站着。

"回去吧，那个人在等你。"莫君怡说，然后，她问，"车上的那个男人，是你爱的吗？"

"是的。"王莉美说。

"你爱你丈夫吗？"

"我爱他。"王莉美流着泪说，"你会告诉他吗？"

"我爱他，我不想他痛苦。"

"谢谢你。"

"你用不着多谢我，我是抢过你丈夫的女人呢！"

"现在我们打成平手了。"王莉美说。

"你相信有永远的爱吗？"她问。

"我不相信。"王莉美抹了抹脸上的泪，哽咽着说。

然后，她转过身去，回到那辆车上，留下一个颓唐的背影。

莫君怡爬上自己的车，离开了那条小路。原来，一个人的确是可以同时爱着两个人的。爱情是百孔千疮的，我们在背叛所爱的同时，也被背叛。或许，我们背叛了所爱的人，只是因为没法背叛自己。

如果是一年前，她看到杜苍林的太太偷情，她会很高兴；然而，这天晚上，她只是觉得悲哀。王莉美是第二个告诉她世上没有永远的爱的人，第一个是姜言中。

后来有一天，她在杜苍林的公司外面等他，杜苍林钻进一辆出租车。可是，那并不是回家的路。她在后面跟着那辆出租车，愈走愈难过。那是去她以前住的地方的路。

出租车停在她以前住的公寓外面，杜苍林从车上走下来，莫君怡把车停在对面。他为什么来这里呢？他明明知道她很早之前已经搬走了。

杜苍林在公寓外面徘徊，昏黄的街灯下，只有他一个人，哀哀地追悼一段已成过去的感情。他曾经跟她说："我永远不会放弃你！"他说的时候，是真心的。

多少时间过去了，她很想走下车去拥抱他，然而，那又怎样呢？他同时也爱着另一个女人。

她开动车子，徐徐从他身边驶过，杜苍林忽而回头望着她的车。他看到她了吗？好像看见了，也好像看不见。她冲过红灯，不让他追上来。车子驶上了公路，她终于把车拐到停车处，失声地哭了。

一辆出租车在她的车子旁边停下来，一个男人从车上走下来，是姜言中。

"你没事吧？"姜言中拍拍她的车窗。

她调低车窗。"你为什么会在这里？"

"我正要回家，看到你的车子停在这里，以为抛锚了。"

"我没事。"

"可以送我一程吗？"

"当然可以。"

姜言中把出租车司机打发了，爬上莫君怡的四驱车。

"你刚才看到我的时候，好像有点失望。"姜言中说。

莫君怡笑了笑，没有回答。

"是不是又去跟踪别人了？"姜言中问。

"你怎么知道的？"

"这么好玩的事情，为什么不带我去？"

"下次带你去吧！"

"真的还有下次？"

"也许没有了。我可以去你家吗？我不想一个人回去。"

"你不介意我的家乱七八糟吗？"

"没关系，我的家也乱七八糟。"莫君怡说。

她很想要一个男人的怀抱，她想过新的生活。

可是，当她躺在姜言中的床上，她心里想着的却是杜苍林在她旧居深情地徘徊的一幕。

"对不起，我好像不可以。"她说。

"我好像也不行。"姜言中尴尬地说。

"你也有挂念着的人吗？"

"从温哥华回来的那天，我碰到了我以前的女朋友。"

"你还爱着她？"

"我觉得很对不起她。"

莫君怡笑了："为什么男人老是觉得对不起以前的女朋友，他们当时不可以对她好一点吗？事后内疚又有什么意思？"

"男人就是这样。"

"你做了什么对不起她的事？"

"我在她很爱我的时候离开她。"

"我也是在杜苍林很爱我的时候离开。这样或许是最完美的。"

"为什么？"

"这样的爱情，永远没有机会过期。"

姜言中抱着自己的膝盖，莫君怡抱着姜言中的枕头，他们和这个城市里所有寂寞的男女一样，遥望着星星还没有出来的天际。

"你真的不相信有永远的爱？"莫君怡问。

姜言中摇了摇头。

"从来没有人对你说，她永远爱你吗？"

"没有。可能是我的吸引力不够吧。"

"你不相信，便不会听到。"

"也许吧。"

"我比你幸福。我相信有永远的爱，而我看到了。"她说。

"你知道永远有多远吗？"她问。

"我可没有想过这么远的问题。"姜言中说。

"我知道永远有多远。"她说。

"有多远？"

莫君怡微笑着，没有回答。她想睡了。

谁会去想永远有多远呢？永远一点也不远，它太近了，就在眼前。你这一刻看到的，便是永恒。她看到了一个永远爱她的男人，那一幕，是永远不会消逝的。

Channel A

第 九 章

一个人痛苦的时候，
就会想起自己以前也曾经令人痛苦。

从香港飞往温哥华的班机起飞了。杜苍林与王莉美坐在靠窗的座位上。从窗子往下望，夜色璀璨。许多年前，他也是只身到温哥华上大学。这一次，他是来公干的。

一夜之后，飞机在温哥华机场降落，自从离开之后，杜苍林再没有踏足这片土地。一个人不愿意重游故地，通常有两个原因：从前的回忆太美好了，他不想破坏它；又或者是以前的回忆太痛苦了，他不想再去碰它。

不论如何，他始终又回来了。

温哥华的秋天有点肃杀。工作进展得比他想象中顺利。这一天的会议结束之后，他坐出租车来到市内一家医院，一个穿着白袍的女人站在走廊上等他。她是蒋安宇，他的大学同学，这家医院的化验师。

蒋安宇走上来跟他拥抱，说："昨天接到你的电话，真的吓了我一跳。你结婚了没有？"

"结了。"

"你呢？你结婚了没有？"

"我连男朋友都还没有呢！"

"严英如她好吗？"杜苍林问。

蒋安宇笑笑摇了摇头："我早知道你不是为我而来的了。"

杜苍林有点尴尬："很久没有她的消息了。"

"我们不常见面。旧同学的聚会，她也很少参加。"

"她结婚了没有？"

"好像还没有。"

"有男朋友吗？"

"这个我倒不清楚。我只知道她在中学里教生物。我把学校的地址和电话号码写下来给你吧。你会去找她吗？"

"假如你是她，你会想见到我吗？"

"那要看看我现在是否幸福。幸福的话，我也不介意跟旧情人见面。"

杜苍林来到学校，有几个学生在草地上打球。他问一个红发男孩，红发男孩告诉他，严英如在实验室里。

他来到草地旁边的一座实验室，走廊上，空气里飘着微微的腥味。实验室的门没有关上，他站在门外，看到了严英如。

严英如身上穿着一袭粉蓝色的羊毛裙，戴着一双深红色的手套，正在收拾学生们解剖完的鲜鱼。怪不得空气里有一股腥味。

严英如抬起头，看到了他。她的手套染满了鱼血，停留在半空。她太震惊了。

杜苍林向前走了两步，说："是蒋安宇把学校的地址给我的。"

"什么时候来的？"

"大前天。"

"哦——"

"你好吗？"他腼腆地问。

"很好。"她微笑。

严英如把手套脱下来，丢到垃圾桶里。

"这次来温哥华是干什么的？"严英如一边收拾桌上的书一边问。

"是来公干。"

"那什么时候要走？"

"明天。"

"哦。"

"我刚才看见附近有家 Starbucks，你有空吗？我们去喝一杯咖啡。"

"也好，可以吹一吹身上的腥味。你在外面等我，我去拿我的皮包。"

严英如回到教员室，把手上的书放下，呆呆地坐在自己的座位上。

杜苍林不是一声不响地走了吗？他那么残忍地把她丢下，为什么现在又要来干扰她平静的生活？

她的心有点乱。她把头发整理了一下，穿上大衣出去。

她从二楼走下来，看见杜苍林在楼梯下面，双手插着裤袋，靠在柱子上。曾经有无数的日子，他也是这样等她下课。

"走吧。"

也曾经有无数的日子，他们在温哥华的秋天这样结伴走路。

他们沉默地走着，多少往事穿过岁月的断层扑来。

那一年，她和男朋友邵重侠一起到温哥华上大学。她和邵重侠上了不同的大学。她念生物，他念数学。邵重侠是个很好的男朋友，他对她好得没话说。他体贴她、迁就她、宠她。

在大学里，她认识了也是从香港来的杜苍林。杜苍林的旧同学蒋安宇和她是同班的同学。

杜苍林是念化学的，他们很谈得来。当她不大愿意在他面前提起男朋友，也不大愿意让邵重侠跟他认识，她就预感到有一天，会有一些事情发生。

她和邵重侠已经一起五年了。那五年的岁月是没有什么可以代替的。然而，风平浪静的生活往往使人变得善忘。她忘了那些美好的日子。她还年轻，她不想为了所谓道义和责任而收藏起自己对另一个男人的爱。

况且，那份爱已经再也藏不起来了。

那年的万圣节，邵重侠把自己打扮成日本超人，她打扮成恐龙怪兽。他们和其他朋友一起去拍门拿糖果。

闹了一个晚上，邵重侠捧着超人面具和满抱的糖果跟她一起踏上回家的路。

"我们分手好吗？"她说。

"为什么？"邵重侠呆住了。

"你一定要知道为什么吗？"

邵重侠痛苦地望着她。她不说，他是不会罢休的。

"也许，我已经爱上了另一个人。"

"什么'也许'？"

"因为我不知道他爱不爱我。"

"他是谁？"

"我不能说。"

"你为了一个不知道会不会爱你的人而离开我？"邵重侠流下了眼泪。

她回避了邵重侠的目光，捧着怪兽的头继续往前走。是的，她也觉得自己很笨。她和杜苍林还只是很要好的朋友，虽然是有一点暧昧，但毕竟还没开始。她为什么忽然要跟邵重侠分手呢？

今天一起去拿糖果的时候，她就想跟邵重侠说，她已经不爱他了。她不知道那是突如其来的感觉还是在杜苍林出现之后才发生的。但那又有什么分别呢？她和他一起走的路已经走完了。

本来，她不用现在就跟邵重侠分手。她应该先和杜苍林开始了，确定这段感情是稳当的，确定杜苍林也同样爱她，然后，她再跟邵重侠分手。对她来说，这样是比较聪明的，然而，这种爱有什么值得稀罕呢？

她要用自由之身去爱另一个男人。无论得或失，这种爱才是高贵的。

邵重侠哭得很厉害，她麻木地站在他身旁。超人一向是战胜恐龙怪兽的，可是，这一次，超人被打败了。

她身上还穿着那件怪兽衣,飞奔到杜苍林家里。杜苍林来开门的时候,扮成一只斑黄的大蝴蝶,他正和朋友在家里开化装舞会。

"我跟男朋友分手了!"严英如一边说一边在冷风中颤抖。

"为什么?"他问。

她微笑不语。这个笑容,是一个剖白。假如杜苍林不明白,他也不配爱她。

那天之后,她没有再离开他的房子。

只是,这段情并不是她所以为的那么高贵。杜苍林跟邵重侠压根儿就是两个不同的人。邵重侠宠她,什么都迁就她,杜苍林很有自己的原则,不喜欢就是不喜欢。邵重侠总是把她放在第一位,可是,杜苍林会在周末丢下她,和朋友出去玩。

她和邵重侠一起那么多年了,跟杜苍林一起,她明明知道不应该拿两个人比较,但是,她总会比较他们。

那天晚上,他们为了一件她已经忘记了的小事吵架。

她从来没有试过生这么大的气,她对着杜苍林冲口而出:

"如果是他，他才不会像你这样对我！"

杜苍林的脸色难看极了。

深夜里，她爬到他身上饮泣。

"对不起。"她哭着说。

"没关系。"杜苍林抱着她。

她吻他的耳珠，又用脸去擦他的脖子。她用亲密的做爱来赎罪。如果可以，她愿意收回那句话。

可是，一句已经说到对方骨头里的话，是收不回来的。

第二天，严英如下课之后回到家里，不见了杜苍林。他的证件和衣服也不见了。

她为他背弃了初恋男朋友，他对她的回报，竟是不辞而别。也许，这就是她的报应。

后来，她知道他去了旧金山。她没打算去找他，她太恨他了。

邵重侠也退学回了香港，现在只剩下她一个人留在温哥华。她本来被两个男人所爱，现在却成为最失败的一个。太可笑了。

她和杜苍林来到 Starbucks，她要了一杯 Cappuccino（卡布奇诺）。

"学校的生活还好吗？"杜苍林问。

她望着杜苍林，多少年的日子倏忽已成过去。他走了之后，她谈过几次恋爱，没有什么美好的结果。她刻意不跟以前的同学来往，她不想记起那些往事。

杜苍林望着她，思量着，她现在幸福吗？他不敢问。

那个时候，他曾经为爱她而痛苦。她已经有一个那么好的男朋友了，他不可能得到她，也不应该破坏她的幸福。万圣节那天晚上，当她告诉他，她和男朋友分手了，他也同时告诉自己，要好好地待她。

他尽了最大的努力去爱她，但她总是拿他和她以前的男人比较。

他受得了单恋，却受不了比较。

一天晚上，他们吵架的时候，严英如向他咆哮：

"如果是他，他才不会像你这样对我！"

他知道，假如他再不离开，他会恨她。为了不让自己恨她，他一个人悄悄地走了。他在美国上了另一所大学，过着另一种生活。后来，他认识了王莉美。他不是太爱她。在寂寞的异乡，那是相依为命的感情。

多少年来，每次想起严英如，他总是很自责。他应该可以做得好一点的。严英如为他背弃了另一个男人，也放弃了原来的幸福，他怎可以就这样抛下她走了？

莫君怡离开他之后，他撕心裂肺地想念着她，不知道她到哪里去了。一个人痛苦的时候，就会想起自己以前也曾经令人痛苦。

"对不起。"他对严英如说。

"你来找我，就是想对我说这句话？"严英如用震颤的嗓音说。

是的。这句话藏在他心里很久了。

"为什么要跟我说对不起？"

"我不该一声不响地离开。"

严英如笑了："你记不记得我也跟你说过一声'对不起'？"

杜苍林茫然，一点印象也没有。

"我知道你不记得。"严英如站起来，说，"我要回去上课了。再见。"

她在风中颤抖着。是的，他不记得。

她恨他，不是因为他不辞而别。

她恨他，是因为他不辞而别的前一天晚上还和她做爱。

她爬到他身上跟他说对不起。她挑逗他，用亲密的做爱来赎罪。他冲动地抱着她，深入她的身体。经过一场激烈的争吵，他们狂热地吞噬对方。那一刻，她以为他接受了她那一句"对不起"。

谁知道第二天他就不辞而别了。

没有什么羞辱比这个羞辱更大。

既然忘了，他为什么要回来呢？他仍然是那么自私，只希望让自己的良心以后好过一点。

从温哥华飞往香港的班机起飞了。杜苍林带着满怀的疑惑和失落回去。

机舱里，一个婴儿哭得很厉害。

抱着婴儿的女人，突然站起身，朝他走过来，那是莫君怡。她为什么会在这里，会抱着一个孩子？

莫君怡把孩子放在他怀里，说："他是你的孩子，你来抱他！"

他抱着孩子，孩子不哭了。

然后，王莉美开始哭泣。

莫君怡用手支着椅子，虚弱而苦涩地望着他。

夜里，严英如把那年万圣节她扮成恐龙怪兽的那件戏服拿出来穿在身上。多少年来，每当她不开心，她就会穿起这件怪兽衣。这件衣服唤回了她许多美好的回忆。那天晚上，她也是穿着这一身衣服跑去找杜苍林的。杜苍林穿的，是大蝴蝶的衣服。他走的时候，留下了那套蝴蝶戏服。她一直把它和自己的怪兽衣放在一起。

她早就应该把他忘记了，这只假蝴蝶是过期居留的。真的那一只，在许多年前已经飞走了。

Channel A

第 十 章

我们以为自己爱得死去活来，没法放弃，
可是，就在一个微小的关节，
你会突然清醒过来。

多少年来，周曼芊一直想着那天晚上发生的事。天长日久已经泛黄的记忆一次又一次重现，同时也一次又一次让她鼻酸。她还是没法理解，她所爱的那个男人为什么会悄然无声地离开她的生命。

她和姜言中一起七年。最后的一年，他们住在一起。一天午夜里，当她醒来，她看到他直挺挺地坐在床上。

"怎么啦？你在想什么？"她轻轻地问。

姜言中看了看她，叹了口气，说："我想过一些一个人的日子。"

周曼芊慌乱地从床上坐起来，看到姜言中的眼睛是红红的，好像哭过。

"你在说什么？"她问。

沉默了片刻之后，姜言中说："我想以后有多一点的私人时间，你可以搬回家里住吗？"

"为什么？"她用颤抖的嗓音说。

姜言中望着她，半晌没有说话。眼神是悲哀的，心意却决绝。

整个晚上，周曼芊躲在被窝里饮泣。身旁的姜言中，已经不像从前那样，看到她流泪的时候，会抱着她、安慰她。她很清楚地知道他没有爱上别人。他对她是那么地好，他们天天都在一起。每晚睡觉的时候，他会握着她的手。天冷的时候，他会把她那双冷冰冰的腿放在自己温热的肚子上，让她觉得暖一些。

这七年的日子太快乐了，没可能会这样终结。

也许是工作压力太大吧？也许他是有苦衷的吧？她应该让他静一静。第二天，她听他的话暂时搬去好朋友范玫因家里。

走的时候，她只是把几件简单的衣服放在他的皮箱里带走。那个小小的灰色皮箱，是用帆布和牛皮造的，是姜言中许多年前买的。箱子的顶部，有一只鸽子标志。

周曼芊提着行李箱离开的时候，姜言中坐在家里那张书桌前面，手里拿着一本书，心不在焉地看。

"你打电话给我吧。"她回头跟姜言中说。

他点了点头。

走出去之后，她才又哭了起来。她不敢在他面前哭。她尽量把整件事看成一个小风波，她甚至认为自己处理得很聪明。她悄悄地离开几天，当她不在他身边，他会思念她。

然而，一天天过去，姜言中并没有打电话给她。

一天晚上，她回去了。姜言中还没有下班，家里的东西有点乱。他似乎很快便习惯了没有她在身边的日子。她把大衣脱下来，将家里的东西收拾一遍。最后，她连浴室和厨房的地板也擦得光光亮亮。她抱着膝盖，坐在冰冷的地上等他。已经是深夜了，他还没有回来。也许，他已经过着另一种生活。

周曼芊从皮包里拿出一包咖啡豆。这是他最爱喝的咖啡。她把咖啡豆放在桌子上，那里有整整一千克，足够他喝一段很长的日子了。一直以来，都是她去替他买咖啡豆的，那家店就在她上班的路上。从今以后，她也许没法为他做这件事了。

　　后来，她去了美国进修。她不能待在这里天天想念他，她宁愿把自己放逐，就像姜言中也放逐自己一样。或许，在另一个地方，她可以把他忘记。

　　从美国回来之后，她在一所医院里任职。她是一位心理医生。病人来找她解决问题，却不知道，这位医生的心里也承受着沉重的过去。这些年来，她没有爱过别的人。

　　现在，刚刚下班的她正开车回家，今天的最后一个病人，名叫王莉美，患上了梦游症。

　　"梦游症？"周曼芊沉吟了一会儿。

　　"是的。两个星期前的一天晚上，我从睡梦中醒来，拿了车钥匙，走到停车场，爬进自己的车子里，然后把车开到高速公路上。我丈夫醒来时不见了我，开车去找我，在公路上发现了我的车子。当时，我的车子停在路边，而我就昏睡在里面。当他唤醒我时，我根本不知道自己为什么会在那里。"

周曼芊根本没有留心听王莉美的故事。当她听到"梦游症"这三个字的时候，她的心已经飞得老远了。姜言中小时也有梦游症。六岁的那一年，他半夜里从床上爬起来，一个人走到大厦的天台。他爸爸妈妈发现他不见了，四处找他。当他们终于在天台找到他的时候，他趴在天台边缘一道不足一米宽的栏杆上熟睡，只要翻一翻身从那里掉下去，他便会粉身碎骨。他妈妈吓得全身发抖，他爸爸小心翼翼地走过去把他抱起来。当他醒来的时候，他完全不记得发生过什么事。从那天开始，他的家人每晚临睡时都把门和窗子锁好。然而，梦游的事，还是断断续续发生过好几次。等到他十二岁之后，这个症状才消失。

和姜言中分手之后，周曼芊很希望自己也能患上梦游症。即使只有一次，也是好的。她不知道自己为什么会这样想。

也许，如果她也有梦游症的话，她和姜言中会更接近一些。那就好比你爱上一个人之后，你发现原来你们小时候曾住在同一条街上。也许，你们从前已经相遇过许多次了。彼此的感觉，好像又亲密一些，大家还可以一起回味从前在那条街上的生活。

她就是很想有梦游症。姜言中已经远去了，能够再次亲近他的唯一方法，也许就是回到他六岁的那一年去，跟他一起患上梦游症。可是，这个希望毕竟太渺茫了。小孩子患上梦游症，有可能是中枢神经系统发育未完全。成年人之中，很少有人会有梦游症。她可以在梦里思念他千百回，却没可能走进他梦游的世界里。

她回到家里，放下公文包，泡了一杯咖啡。她本来不爱喝咖啡，现在也只是偶尔才喝一杯；或许不能说是喝，她只是喜欢嗅着咖啡的香味。那股香味，常常能把她带回从前那些美好的时光里。

姜言中一个人坐在这家 Starbucks 里，叫了一杯 Espresso。

"今天很冷呢！"韩纯忆来的时候说。

"要喝杯咖啡吗？"

"我不大喝咖啡的，就陪你喝一杯 Latte（拿铁咖啡）吧。"

"是的，喝咖啡不是什么好习惯。"姜言中低着头说。

"为什么你今天好像特别忧郁似的？是跟天气有关吗？"

"是跟你的收入有关。"姜言中从口袋里掏出一张支票交给她，"你看，你的版税收入比我的薪水还要高，真令人忌妒！"

韩纯忆看了看支票，笑笑说："如果赚不到钱，还有什么动力去写作？"

"喜欢写作的人，不是不计较收入的吗？"

"谁说的？张爱玲拿到第一次投稿的奖金，不是用来买书，也不是用来买笔，而是买了一支口红。我写小说，也是为了生活享受。"

"你常常把自己说得很现实，你根本不是那么现实的人。"

"是吗？"韩纯忆不置可否。

"你的小说写到哪里了？赶得及明年出版吗？"

"我在搜集一些关于梦游症的资料。"

"梦游症？"

"小说里一个角色是有梦游症的。"

"你为什么不来问我？"

"问你？"

"我小时候有梦游症。"

"快点说来听听。"

"这要从六岁那一年开始说起——"他呷了一口咖啡说。

王莉美第三次来到周曼芊的诊所。这一次，她终于说出心底话。她有外遇。她的梦游症也是从那个时候开始的。

人是多么复杂的动物！这位太太努力隐藏心里的罪恶，那个罪恶却凶狠地操纵着她的身体，梦游是她良心的叹息。她不能原谅自己背叛丈夫，却又没法离开情人。

"为什么你可以同时爱着两个男人？"周曼芊问她。

王莉美笑了笑："他们是两个完全不同的人。"

丈夫和情人，是两个完全不一样的人，这就是她同时爱着他们的原因。这个答案，是如此理所当然。

那一刻，周曼苹忽然觉得自己的问题很笨。她该问自己，她又为什么只能爱着一个男人呢？她惨然地笑了。

离开诊所的时候，王莉美指着她桌上的传呼机，说：

"现在已经很少有人用传呼机了，而且你的传呼机还像掌心那么大。"

"是的，我这一部是古董。"周曼苹笑笑说。

这一部传呼机，她一直舍不得换掉。即使是去美国读书的时候，她还是托范玫因为她缴付传呼台的台费，保留着这个传呼号码。也许，不知道哪一天，姜言中会想起她。那么，当他用以前的号码找她，还是可以找到。

留着一个号码，不过是为了守候一个人。

那天晚上，姜言中说他想要过一些一个人的日子，他没说那段日子要有多长，只是她也没想到已经有那么长了。她一直盼望他过完了一个人的日子，便会回到她身边。

姜言中已经喝到第三杯 Espresso 了。

"十二岁之后，我的梦游症也消失了。"他说。

"那么，你十二岁之后的事呢？"韩纯忆问。

"那时我刚刚开始发育，你不是想知道详细情形吧？"他打趣地说。

"我从来没听过你的情史。"

姜言中笑了笑："我才不会这么笨。我告诉了你，岂不是变成你的小说素材？"

"难道你没有被人爱过，也没有爱过别人吗？"

"没用的，我不会告诉你。我不相信女作家。"

"那算了吧，反正你的恋爱经验也不会很丰富。"

"为什么这样说？"

"你是个表面潇洒、内心柔弱的男人。我说错了吗？"

韩纯忆怎么会这样了解他呢？他有点尴尬。

"你想再要一杯咖啡吗？"姜言中问。

"好的，我还想谈下去呢。"韩纯忆托着头说。

现在坐在诊所里的男人，名叫梁景湖。他的女儿梁舒盈是东区医院的护士，周曼芋在那里待过一段日子，跟她是旧同事。几个星期前，这位还有一年便退休的教师穿上死去的太太的裙子，打扮成女人在路上徘徊，被警察逮住了。梁舒盈希望周曼芋可以跟他谈谈，她答应了。上一次，梁景湖是和儿子一起来的，他什么也不肯说。今天，他没有预约，自己一个人跑来。

梁景湖哀伤地思念着逝世的太太。那天晚上，他身上的裙子，还有假发、高跟鞋和皮包都是亡妻的。虽然这种做法有点不可思议，但是，他太思念她了。穿上太太的衣服回去他从前每天送她上班的路上，仿佛也能够唤回那些美好的岁月。

"我是不是有病？"梁景湖边说边流泪。

"不，你没有病。"

"我以后不会这样做了，我不想失去我的儿女。"梁景湖说。

每一个人都会用尽方法去跟自己所爱的人更接近一些。这位可怜的男教师，穿上亡妻的衣服，让妻子在他身上复活，那样他便可以再次抚摸她，再次牵着她的手陪她走一遍他们从前常常走的那段路。周曼芊想梦游一回，却比穿上旧情人的衣服要艰难许多。

开车回到家里的时候，已经是夜深了，周曼芊脱下大衣，趴在床上，把护照和机票从床边的抽屉里拿出来。明天，她要起程去美国洛杉矶参加一个研讨会。刚才跟范玫因吃饭的时候，喝了一点酒，她昏昏地睡着了。

她觉得很冷，醒来的时候，她发现自己不是在床上，而是在天台的地上。她手中拿着家里的钥匙，身上穿着昨晚临睡时穿着的衣服，左脸擦伤了，还在淌血。她为什么会在这里呢？

她跑到大堂找管理员。

"周小姐，早。"管理员跟她打招呼。

"你昨天晚上有没有看见我？"

"是啊！我凌晨三点多钟巡逻的时候看到你在天台上。"

"我在天台干什么？"

管理员搔搔头，说："是的，我也奇怪，天气这么冷，你站在那里不怕着凉吗？但昨天晚上的星星很漂亮，漫天都是。你靠着栏杆，看着天空，我想你是到天台去看星星吧。"

"我的眼睛是睁着的还是闭着的？"

"当然是睁着的。"

"那谢谢你。"

"周小姐，你脸上有血。"

周曼芊摸摸自己那张几乎冻僵了的脸，笑着说："不要紧。"

不管是什么原因，她梦游了。她半夜里迷迷糊糊地爬起来，拿了钥匙开门，然后走上天台，在那里看星星。第二天早上，当寒冷的北风把她吹醒时，她躺在地上，对所发生的事完全没有记忆。她和姜言中一起梦游了。就像姜言中六岁那年一样，她也是去了天台。如果可以，她想再睡一次，再梦游一回，那么，就可以更靠近他一些。

第二天，周曼芊怀着快乐的心情登上飞往洛杉矶的班机。梦游的后遗症，是她着凉了，患上重感冒。但她很乐意有这个病。身上的感冒是梦游的延续，让她还可以沉醉在那唯一一次的梦游里。

几天之后，她从洛杉矶回来。当她去领回行李的时候，她看见一个男人站在行李输送带的旁边。那个背影很熟悉，是他吗？男人回望过来，真的是姜言中。他也看到她了，腼腆地对她点了点头。

"你也是从温哥华回来的吗？"姜言中问。

"不，我是从洛杉矶回来的。"

姜言中看到她的鼻子红红的，声音有点沙哑。

"你感冒了？"

"是的，是重感冒。已经好多了。"

"有没有去看医生？"

"吃过药了。"

姜言中不知道说些什么好。"哪一件行李是你的？"他终于说。

"还没有出来。"

沉默了片刻之后，她问姜言中："你还是一个人吗？"

他微笑点了点头。

她看见她那个皮箱从输送带转出来。

"我的行李出来了。"

"是哪一个？"姜言中问。

"灰色的那一个，上面有鸽子的。"

"我看到了。"

姜言中替她把那个皮箱拿下来。

"谢谢你。"

"要我替你拿出去吗？"

"不用了。"她提起皮箱。

"再见。"她回头跟他微笑挥手。

天黑了，他已经喝到第十一杯 Espresso，姜言中有点醉了。

"你想不想听一个关于背影的故事？"他问韩纯忆。

"是朱自清的那篇《背影》吗？"

"不。是另一个背影。"

"嗯。"韩纯忆点了点头。

"男人跟一个女人一起七年了。他很爱她，日子也过得很甜蜜。一天，他发现自己原来一直都在逃避和迁就，他根本不喜欢这种生活，不是不爱她，而是他发现他正在一点一点地失去自己。一天晚上，他终于告诉她，他想一个人过日子。第二天，女人提着一个皮箱离去。他坐在书桌前面望着她的背影。那个皮箱或许重了一些，她的肩膀微微地向一边倾斜。她回头跟他说：'你打电话给我吧。'他答应了，却没有实现诺言。许多年后，他跟她重遇。这一天，她也是提着那个皮箱。这一次，那个皮箱太重了，她的肩膀重重地向一边倾斜。这些年来，他一直认为自己离开她是对的。既然他不享受那种生活，他不想骗她，早点分手，她还可以去爱另一个人。然而，重逢的这一天，当他再一次看到她提着皮箱离开的背影，他很内疚。他曾经是多么地差劲，为了自由，辜负了一个爱他的女人。"

"那个男人现在已经找到了自己，重建了自己的生活吗？"

"找到了。但是，当然难免会有点寂寞。"

"也许，她已经找到了爱她的人。"韩纯忆说。

"是的。她那天的笑容还是像从前一样甜美。"

今天晚上，周曼芊跟范玫因在一家意大利餐厅里吃饭，她点了一杯 Espresso。

"那天我跟方志安在 Starbucks，见到一个人，很像姜言中，当我回头再看，他已经不见了。"范玫因说。

"是吗？"周曼芊悠悠地说。

"你还在等他吗？"范玫因问。

"不等了。"

"是什么时候开始不等的？你不再思念他吗？"

"思念，也是会过期的。"

"哦，是的。"

"你呢？还是每天早上打电话叫邵重侠起床吗？"

"没有了。"

"为什么？"

范玫因笑了笑："依恋，也是会过期的。"

"那方志安呢？"

"他老早就过期了。"

"有没有永不过期的东西？"

"有的。古董。"范玫因说。

"你听过一个关于蝴蝶的故事吗？"周曼芊说。

"什么故事？"

"一个高僧，晚年在一道宏伟的山门上，看到一只弱不禁风的蝴蝶摇摇摆摆就飞过去了。那一刹那，他顿悟了人生的轻盈与沉重。我们以为自己爱得死去活来，没法放弃，可是，就在一个微小的关节，你会突然清醒过来。"

"可惜，等那个关节，不知道要等到什么时候呢！"范玫因说，"只怕等到自己都过期了，也还等不到那一天。"

午夜时分，收音机里播放着夏心桔主持的 Channel A，一个二十四岁的女孩子恋上一个已婚的男人。她说，她会用一生去守候他。

"你也无非是想他最终会选择你吧？如果没有终成眷属的盼望，又怎会用一生去守候？"

"守候是对爱情的奉献，不需要有结果。"那个女孩温柔而坚定地说。

周曼芊坐在收音机旁边的摇摇椅上，昏黄的灯下，她把自己那双冰冷的脚放进两只羊毛袜子里。现在，她觉得暖和多了。重逢的情景，她曾经在梦里想过千百回。这些年来，她一直守候着这个男人，盼望他有一天会回到她身边。再见的时候，她会告诉姜言中："我的电话号码还是跟以前一样。"她永远等他。然而，在机场碰到他的时候，她心里很平静。

　　也许，因为她已经梦游过了，她的守候业已完成。

　　重逢的一刻，亲密的感觉更比不上她走进姜言中梦游的世界里，和他体验同一种经历，宛若他们年少曾经住在同一条街上。在还没有相爱之时，已经相遇过千百遍了。她也是时候给自己自由了，那只蝴蝶已经飞过了山门。

图书在版编目（CIP）数据

蝴蝶过期居留 / 张小娴著 . —长沙：湖南文艺出版社，2020.6

ISBN 978-7-5404-9662-3

Ⅰ . ①蝴… Ⅱ . ①张… Ⅲ . ①长篇小说—中国—当代
Ⅳ . ① I247.5

中国版本图书馆 CIP 数据核字（2020）第 073165 号

上架建议：畅销・小说

HUDIE GUOQI JULIU
蝴蝶过期居留

作　　者：张小娴
出 版 人：曾赛丰
责任编辑：刘雪琳
监　　制：毛闽峰　李　娜
策划编辑：张　璐
文案编辑：王　静
营销编辑：焦亚楠　刘　珣
封面设计：介末设计
版式设计：梁秋晨
封面插画：Eve-3L
出　　版：湖南文艺出版社
　　　　　（长沙市雨花区东二环一段 508 号　邮编：410014）
网　　址：www.hnwy.net
印　　刷：三河市兴博印务有限公司
经　　销：新华书店
开　　本：875mm×1230mm　1/32
字　　数：87 千字
印　　张：6.25
版　　次：2020 年 6 月第 1 版
印　　次：2020 年 6 月第 1 次印刷
书　　号：ISBN 978-7-5404-9662-3
定　　价：38.00 元

若有质量问题，请致电质量监督电话：010-59096394
团购电话：010-59320018